QUEBRANDO LIMITES

ANNA KATMORE

QUEBRANDO LIMITES

Rafael & Sebastian, livro 2

CAPÍTULO 1

Sebastian

— Titânio...

PORRA!

— Sebastian — geme Noah, encostando-se no bar do The Knockout à espera de meu beijo. As batidas graves da música dançante pulsam pelo corpo dele — assim como o choque causado pela palavra de segurança de Rafael perpassa o meu. Minha intenção ao arrastar esse estudante franzino para cá após Rafael me mandar procurar por outra pessoa além dele para ficar — e fez questão de repetir — não era me pegar com Noah na frente dele. Só um pouquinho de flerte para mostrar ao Rafa que homens podem sim ficar juntos em público e não serem queimados na fogueira.

Neste instante, enquanto meus lábios pairam sobre os de Noah, não consigo me mexer.

Nunca fiquei tão louco por um cara como estou por Rafael. O floco de neve da Islândia mexe comigo sempre que estamos no mesmo ambiente. Quando seus dedos me tocaram timidamente ontem, depois de nossas partidas de videogame, eu quase enlouqueci com a necessidade de puxá-lo para perto de mim e beijá-lo sem pensar em nada.

Por que será então que esta noite na balada está dando tão errado?

Não tenho o costume de machucar as pessoas de propósito, mas também não estou acostumado a ser tão profundamente ferido por elas. É claro que Rafael não tinha a intenção de causar danos quando fechou as portas para mim. Ele tem medo. Medo para *caralho* dos próprios sentimentos. Descobrir aos vinte e três anos que gosta mais de homens do que de mulheres é com certeza algo difícil de engolir. Mas fingir que é mentira não o levará a lugar algum a não ser seu próprio calvário.

Creio que acabei de dar a ele a primeira dose dessa realidade com o Noah aqui comigo.

Mordo os lábios e deixo escapar um suspiro demorado antes de olhar para Rafael. Seus olhos estão fechados, sua garganta pulsando. Os dedos segurando a garrafa de vodca estão brancos e suas narinas dilatam a cada suspiro tremelicante.

Merda. Por um tempo me perguntei qual seria o limite dele. Tinha certeza de que seria um beijo, mas nunca imaginei que seria o *meu* beijo em *outra pessoa* que finalmente o faria proferir sua palavra de segurança.

Tânia nos observa como se estivesse assistindo a um apocalipse. De alguma forma, ela está mesmo. É apenas o fim da vida de Rafael como ele conhecia por tanto tempo. Nem ela, nem o amiguinho ruivo deles, Félix, podem fazer qualquer coisa para impedir Rafael dessa queda implacável. Estamos todos congelados pelo impacto do mundo dele se despedaçando.

Quando ele finalmente abre os olhos, seu olhar está fixo no meu. Seu peitoral sobe e desce duas vezes, enquanto seus lábios permanecem selados.

— Ra... — digo com a voz falhando, mas ele nem mesmo ouve a segunda metade do próprio nome.

Com uma expressão de dor e autocomiseração, ele espalma as mãos na chave do carro, arrancando-as do balcão e desce da banqueta. Ele some num piscar de olhos, acotovelando a multidão até chegar à saída da boate.

Puta que pariu!

— Rafael! — diz Tânia aos berros, enquanto passa por mim e vai atrás do amigo, Félix logo atrás dela.

— Está tudo bem? — pergunta Noah. Seu corpo vai ficando tenso conforme ele desperta de seu estado devaneador e embriagado de paixão e encara os outros.

Minha mão ainda está sob seu moletom, mas eu a tiro rapidamente.

— Olha, eu preciso ir atrás dele e me certificar de que ele está bem. Ele não tem o hábito de beber e não deveria dirigir nesse estado. — Embora eu duvide que aquela quarta garrafa de Eristoff afete muito suas habilidades de motorista.

— Sim, claro — diz Noah prontamente, ainda

soando um tanto confuso. — Cuida do seu amigo. Rafael é um cara legal, não quero que nada aconteça com ele. — Ele não parece perceber o que realmente está acontecendo entre Rafa e eu, mas não há condições de contar qual o problema agora. De qualquer forma, me sinto profundamente grato por sua compreensão.

Após um breve aceno, me mando de lá, e sigo esbarrando nas pessoas até a saída. Félix está parado na calçada e Tânia volta correndo da esquina, os saltos de suas botas estalando no concreto. Ela ajeita a camiseta cinza enquanto para junto a nós e, me ignorando, olha desesperada para Félix.

— Ele foi embora com o carro.

— Alguma ideia para onde? — questiono. Meu carro está logo ali e Rafael não deve ter muito longe.

Ao invés de responder minha pergunta, Tânia me fuzila com um olhar destinado a aniquilar.

— Tinha necessidade de fazer aquilo?

Quebrar os muros dele e finalmente tocar no cerne que ele tenta manter enterrado tão desesperadamente?

— Sim. — Como ela não tem muita serventia no

momento, pego meu celular e ligo para Rafael. Chama algumas vezes, mas cai na caixa postal. — Merda.

Félix, que aparenta estar extremamente calmo ao lado de Tânia, também tenta ligar para ele, mas abaixa a mão dois segundos depois e franze para a tela do celular.

— Ele desligou.

— Para onde ele iria num momento como esse? — pergunto a Félix, mantendo meu tom amigável, porém insistente. Não pretendo perder meia hora tentando extrair informação deles dois.

Ele pressiona os lábios e então responde após respirar lentamente:

— Para casa. Ele precisa de conforto, de um lugar familiar.

— Félix! — grita Tânia, dando um passo para trás profundamente ofendida, mas ele logo alcança a mão dela e entrelaça os dedos dos dois, puxando-a para ele novamente. Ela range os dentes, então diz a ele:

— Está bem. Então *eu e você* vamos lá para ver como ele está.

— Não vamos não — diz Félix. O jeito que ele

fala com ela, tão carinhoso e ainda assim com um tom que não deixa espaço para argumentação, me faz questionar o quão profundos são seus sentimentos por ela. E os dela por ele, quando pisca os olhos pretos e faz bico. Félix se volta para mim.

— Você vai?

Concordo de maneira determinada, e Tânia resmunga:

— Por que você deixaria ele ir atrás do Rafa depois do que ele fez lá dentro?

— Porque, por mais que eu queira partir a cara dele por aquilo, eu acho que ele se importa. É por isso que ele está aqui, com essa cara de enterro. E... eu confio nele.

— Você nem *conhece* ele — murmura ela, com as sobrancelhas franzidas e os lábios embicados.

— Eu sei, mas o Rafa conhece. — Félix abraça ela e, acariciando suas costas, diz num tom muito mais brando que o anterior:

— Essa luta não é nossa, Tânia.

Uau. O amigo de Rafael acabou de ganhar meu respeito. Tânia também, porque ela se importa verdadeiramente com o Rafa. Ela o ama. Por esse mesmo motivo gostei dela quando conversamos pela primeira vez, e entendo porque ela está puta comigo agora.

Dou um passo à frente e pego gentilmente no queixo dela, fazendo-a olhar para mim.

— Olha, eu sinto muito que o Rafael esteja sofrendo. Não vou me desculpar por fazê-lo reconhecer os próprios sentimentos, mas prometo que vou atrás dele e compensá-lo por isso.

Com um biquinho delicado, ela me condena com o olhar por mais um tempo e então suspira e concorda, o queixo ainda entre os meus dedos.

— Só não machuca ele de novo.

Isso é algo que não posso prometer porque não acho que a gente tenha saído dessa fase ainda, mas pelo menos digo:

— Vou fazer o meu melhor.

Ela toma o celular da minha mão, digita o número dela e me devolve.

— Liga para a gente se algo der errado, ok?

— Pode deixar. — Feliz que ela perdeu o olhar ameaçador, coloco o telefone de volta no bolso e vou pegar meu carro que está estacionado neste mesmo quarteirão. As portas destravam com um flash dos faróis. Sem perder mais um segundo sequer colocando o cinto, dou partida no motor, que ronca despertando do sono e então piso forte no acelerador fazendo os pneus cantarem. São quase meia-noite. Quase nenhum trânsito a essa hora da noite e a corrida até Mayfair é curta. Tento ligar para Rafael, mas só cai na caixa postal, então jogo meu celular no banco do carona junto do boné, em seguida.

Quando chego no prédio dele, por um instante considero estacionar do lado de fora, mas duvido que ele me deixaria entrar se eu tocasse a campainha. Então, pego a curva e desço direto para o estacionamento subterrâneo e rapidamente paro o Honda na vaga 37 A. O Corvette cinza-grafite ocupa a 37. Graças a Deus, ele está em casa.

Assim que estaciono, saio do carro e corro apressado até o elevador, apertando impacientemente o botão diversas vezes para fazer esta merda descer logo. Finalmente dentro da cabine espelhada e de metal, digito o código que o Rafa usou da última vez que estivemos aqui juntos — que acredito ser a data do seu aniversário. O código desbloqueia o nono andar e me leva diretamente para o apartamento dele.

Durante todo o trajeto até o topo, meus dedos estão cravados na barra de metal atrás da minha bunda, e meu olhar está colado nos números dos andares que demoram demais a mudar. Por fim, as portas se abrem e sou recebido por uma meia-luz vinda do hall do apartamento de Rafael, mas não vejo sinal dele.

— Rafa? — Se ele não está aqui, deve estar lá em cima, talvez no quarto ou até mesmo tomando um banho. Sinceramente, não estou nem aí. Vou interromper o que quer que ele esteja fazendo. Só me importa vê-lo e corrigir todo o desastre que aconteceu na boate.

Subo correndo as escadas, dando dois passos de cada vez e segurando o corrimão de um lado, e então paro bruscamente. Percebo imediatamente que não vou encontrá-lo em seu quarto *nem* no banheiro, porque ouço música vindo de outro cômodo neste andar.

Com a cabeça inclinada e um olhar de curiosidade, caminho vagarosamente até o quarto de jogos. Pronto para bater na porta, repentinamente decido contra e então abro-a cautelosamente sem anunciar minha presença.

Um som que mistura dubstep e violinos me recebe num mundo que está tão despedaçado quanto os sentimentos de Rafael. Olho a minha volta e vejo algemas, cordas, gavetas quebradas e uma surpreendente coleção de chicotes espalhados pelo chão. Prendo a respiração. As cortinas foram arrancadas das paredes, a barra de ferro desencaixada. Os lençóis violeta da cama de mogno de quatro colunas estão jogados num canto. A cadeira acolchoada que ficava junto à janela foi usada para destruir uma das requintadas prateleiras, espalhando pedaços de madeira por toda parte. Rafael está sentado no chão no meio desse caos, encostado na cama. Suas pernas estão dobradas, os cotovelos apoiados nos joelhos e o rosto afundado nas mãos. Sua camisa polo branca descartada em seus pés, e seu peitoral nu sobe e desce com sua respiração lenta e profunda.

Relutante, dou alguns passos dentro do quarto e, no caminho, avisto brevemente o sistema de som Hi-Fi. *Underground* da Lindsey Stirling toca tão alto que

Rafael ainda não notou a minha presença. Vê-lo destruído assim no chão aperta meu coração de uma maneira muito forte e completamente desconhecida.

Considero me agachar ao seu lado e cuidadosamente acariciá-lo até sua desolação passar. Talvez eu deva isso a ele — como um pedido de desculpas. Porém, com toda a raiva emanando desse quarto não me parece a coisa certa a ser feita. Rafael precisa de regras. De linhas que ele possa traçar. Ordens que possa seguir. Há uma paixão profunda presa dentro dele que quer se libertar, mas ele obviamente não tem ideia de como fazê-lo.

Ontem Tânia me sugeriu usar o quarto de jogos como um território neutro. Ela estava absolutamente certa.

Sinto meu corpo enrijecer face a um jogo que pode levar nós dois aos nossos limites esta noite. Avanço em direção a Rafa e agarro o pulso dele, tirando a mão de seu rosto e colocando de pé o cara que exibe uma expressão de espanto.

Bem, então...

— Vamos ver se a gente consegue corrigir isto.

CAPÍTULO 2

Rafael

Que porra é essa?

Sou levantado tão rápido do chão, que o palavrão fica preso na garganta.

Sebastian. Sinto como se tivesse levado um soco na garganta quando me dou conta de que ele está no meu apartamento. Meus pulmões falham, o ar mal saindo deles. Observo sua expressão de determinação com os olhos arregalados. Ele está no meu quarto de regras e disciplina — pelo menos no que restou dele. Destruí tudo num acesso de raiva, colocando para fora todo o ódio e a raiva dentro de mim. Acima de tudo, tentei me livrar da confusão descontando meus sentimentos em cada prateleira e item nesse quarto. Agora, assim como eu, está tudo uma bagunça.

Do que ele está falando? *Corrigir isto?* E como ele ousa entrar na minha casa sem permissão? Meu mundo...

— Você não pode...

— Ah, pode apostar que posso. — Sua voz é tão fria que parece ter sido banhada numa água congelante. Ele me arrasta pelo quarto e me encosta na parede, apertando meus pulsos com força. Não costumo ser uma pessoa gentil aqui dentro, mas Sebastian é claramente o mais forte dos dois.

— Você se sente seguro brincando de *mestre e submisso*? — diz. — Pois bem, Rafa. Vamos brincar um pouquinho, só eu e você.

A julgar pela força que usa no meu antebraço, sei que seus dedos deixarão marcas antes que ele suma novamente do meu mundo.

— Parei de brincar! — vocifero, lutando contra seu aperto. Ele apenas pega meu outro braço e posiciona as palmas das minhas mãos na parede, seu corpo colado atrás de mim.

— Parou? Até parece. Nós acabamos de começar, Islândia. — Ele solta uma risada frígida bem no meu rosto. — Qual é a sua palavra de segurança mesmo? Frangote?

Afasto minhas mãos, mas ele as traz de volta imediatamente, usando mais força que nunca quando espalma minhas mãos na parede. Sentindo uma raiva tomando conta de mim, viro minha cabeça e o encaro por cima do ombro.

— Vai se foder!

— Não. — Seu riso cessa enquanto seu olhar fita no meu. — *Você* é que vai se foder se afastar um centímetro sequer suas mãos dessa parede antes que eu finalize com você.

Não sei por que uma parte de mim quer fazer exatamente o que ele diz. Por que tem uma vozinha na minha cabeça sussurrando que o proibido pode ser tão prazeroso se eu apenas deixar acontecer. Mas ela não se cala. Então, quando Sebastian solta meus pulsos, permaneço com as mãos apoiadas na parede. O quarto pulsa com acordes de violino eletrônico e meu coração acompanha o ritmo.

Ele puxa meu cabelo, arqueando minha cabeça para trás, o corpo ainda colado no meu, me fazendo olhar para o teto. Eu fecho os olhos.

— Você pode até decidir quando estará pronto para me beijar — diz ele, me provocando ao pé do ouvido. — Mas todo o resto... — Ele beija meu pescoço, fazendo movimentos circulares com a língua na minha pele, com força. — ... ficará por minha conta a partir de hoje. — Então, ele morde.

Desejo invade as minhas entranhas, tal qual o veneno de uma cascavel. Não faz muito tempo, tive a primeira verdadeira amostra dos jogos de Sebastian. Eles são perigosos. Impiedosos. Sempre me deixam dividido... uma parte de mim querendo mais.

Ele afrouxa sua pegada no meu cabelo e percorre as mãos pelo meu corpo, arranhando meu peitoral e deixando sua marca. Deixo escapar um gemido por entre os dentes cerrados. Ele então passa as mãos pela minha barriga até meu quadril, apertando forte. Desliza a ponta dos dedos para dentro do cós da minha calça jeans e me puxa com força contra ele.

— Porra, Rafael — sussurra. — Estou quase desejando que você tire as mãos da parede.

Para que ele possa me foder? Não mesmo.

Sentir os dedos dele tão perto da minha virilha libera dentro de mim um tremor titilante. Conforme ele crava os dedos profundamente em minha carne, a intensidade da minha respiração aumenta, mas o som acaba sendo abafado pelo barulho do zíper quando ele abre minha braguilha.

No instante em que Sebastian se proclamou o mestre da brincadeira pela noite, eu fiquei duro. Agora, ele libera meu membro e pega nele, com força. Seus dedos quentes envolvendo meu pau me fazem gemer. De vergonha... e de prazer. Sinto cada terminação nervosa do meu corpo formigar e ganhar vida. Jesus Cristo!

Ele beija a curva do meu pescoço enquanto minha cabeça repousa em seu ombro e diz baixinho contra a minha pele:

— Hmm... tão duro. — Ele esfrega o polegar na cabeça descoberta da minha ereção, umedecendo-a antes de começar uma massagem que faz meus joelhos falharem. Com os lábios completamente fechados, libero ar em breves e rasas respirações pelo nariz.

— Sabia que esse teu cheiro de neve e gelo me deixa louco? — Seu ronronar vira um rosnado quente e úmido contra a minha pele. — Desde a primeira vez que cheguei perto de você. — Ele leva a boca até meu ombro e me morde, fazendo um pequeno gemido sair da minha garganta. O impacto de sua mordida dispara pelo meu corpo e faz meu pau latejar em suas mãos habilidosas. Caralho, há uma linha tão tênue entre dor e prazer.

O fluxo de sangue em meus ouvidos abafa os violinos por segundos a fio. O desejo escala rapidamente e Sebastian percebe, porque seus dedos de repente me soltam e se movem para a parte de trás do meu corpo. Eles sobem até que ele pega meu queixo e vira a minha cabeça me forçando a olhar nos olhos dele.

— Eu finalmente entendi, floquinho de neve. Por que, mesmo com todas essas regras que você se impõe, você corre tanto atrás de desafios. — Seu olhar apaixonado é obscuro, lascivo. Penetra na minha pele e sinto como se ele estivesse incendiando minha alma. — É a sua única escapatória da jaula em que você se trancou. É a sua única chance de experimentar todas as coisas que você adoraria fazer... com outros homens. *Comigo.* — Ele percorre o polegar no meu lábio inferior, arrastando com força para o lado. — Mas você não se permite nada disso. — Levantando meu rosto, ele beija meu queixo e então faz um caminho de pequenas mordidas até minha clavícula. — Um desafio é a sua desculpa para quebrar as regras. De ultrapassar os seus limites. — Suas palavras têm um tom sedutor. — Não é?

Eu não saberia.

Suas mãos deslizam pelo meu abdome novamente, os lábios ainda grudados na minha pele.

— Estou certo, Rafa?

Talvez.

Tenho muita dificuldade em formar qualquer pensamento agora.

Com seu joelho deslizando entre as minhas pernas, ele me força a afastá-las. Então ele leva as mãos até os meus quadris, descendo meus jeans um pouco mais junto com minha cueca boxer, expondo não só minha ereção como também minha bunda.

— Me diz que eu estou certo, Rafael. — Há um tom impaciente de comando em sua voz agora que seus dedos cravam nas minhas nádegas.

Pelo amor de Deus!

— Sim! — A palavra sai rasgando minha garganta e não faço ideia se isso é verdade ou se sou só eu cedendo à paixão que ele acende em mim com cada toque. De qualquer forma, queria conseguir me controlar e não sucumbir nas mãos dele.

O ar que vem de sua risada umedece minha pele.

— Eu gosto quando fazemos progresso. — Atrás de mim, consigo sentir ele se ajoelhando, fazendo uma trilha de beijos nas minhas costas. Quando ele tira a mão da minha bunda, uma ardência aguda se segue quando ele me morde com força. Meus músculos ficam tensos. — Porra, floquinho, você é comestível.

Eu deixo minha cabeça pender para frente, apoiando meu peso nas minhas mãos contra a parede. Momentos depois, sua boca vai do meu quadril para a minha frente. Com uma perna dobrada e outra esticada no chão, Sebastian senta na minha frente, encarando minha ereção na posição perfeita para...

PORRA! PORRA! PORRA!

Ele fixa seu olhar no meu, então pega meu pau e leva até sua boca. Sua língua faz movimento circulares na ponta, lambendo minha ereção de cima a baixo. Minha respiração fica ofegante, meus olhos se arregalam mediante o choque e suor brota em meu pescoço e em minha testa. O calor dentro de mim precisa desesperadamente ser liberado. Quando Sebastian começa a manusear meu pau com os dedos além dos lábios, percebo que posso explodir em sua boca a qualquer momento.

Sebastian mantém uma mão em minha ereção e leva a outra até a região traseira da minha coxa, fazendo uma carícia firme até a parte de trás do meu joelho direito. Ele então finca os dedos na poupa da minha bunda. Suprimo um grito prendendo meu lábio inferior entre os dentes, mordendo forte.

Sebastian me chupa num ritmo excitante, sincronizado com a música. Isso faz meu pau latejar com um desejo lancinante, clamando por liberação. Meus dedos do pé se contorcem dentro dos sapatos. Sua outra mão deixa o meu pau e desliza até as minhas bolas, fazendo um carinho de leve, e então vai para a minha cintura na parte de trás. Lá, a palma de sua mão sente minha bunda, uma única vez. Ao descer, seu dedo do meio vai lentamente abrindo passagem entre as minhas nádegas. Puta que pariu! O babaca me dedou.

Suor escorre direto do cabelo até minha testa, caindo nos meus olhos. Eu pisco, perdendo a pequena gota que cai e molha a camisa escura de Sebastian.

Sei por que ele está fazendo isso. Seu olhar gentil ainda preso ao meu explica que ele quer me fazer acostumar com a ideia de um dia ter não só o seu dedo na minha bunda, mas seu pau também. Quero fechar os olhos, bloquear tudo isso. Mas ele não me deixa. Seu olhar me atrai tanto que é impossível quebrar a conexão.

Ofego com a boca entreaberta.

Só mais alguns instantes. Só um segundo... e eu explodo na boca dele, acabando com essa tortura.

Ou... talvez não.

Ele pisca os olhos lentamente e se afasta da minha ereção. Sua respiração acelerada e profunda, os olhos fixos no meu rosto. Que porra é essa? *Agora*, ele para?

Ele se encosta na parede, lambendo os lábios. Está me matando com esse silêncio. Não sei se posso tirar minhas mãos da parede ou não. E se eu tirar, o que faria com elas? Terminar o serviço? Porra, eu quero gozar. Demais. A sensação de tesão acumulado bem no âmago do meu corpo implora para ser liberada. Com o rosto franzido, meus olhos se fecham pela primeira em muito tempo e deixo escapar um gemido baixinho.

— Mexa-se.

O comando imperioso faz meus olhos abrirem rapidamente. Mais gotas de suor escorrem da minha testa. O quê?

— Se quiser gozar, é melhor se mexer. — A propósito, as sobrancelhas de Sebastian se contraem levemente enquanto ele profere as palavras e entendo exatamente o que ele quer que eu faça.

Mas eu não consigo.

Não consigo.

Não consigo.

— Você gosta de foder com música — diz ele, conseguindo soar... delicado. Gentil. — Então fecha os olhos e deixa a música te levar. — Ele deixa uma mão no meio da minha bunda, enquanto gentilmente envolve a outra no meu pau de novo. Seu polegar esfrega a cabeça pulsante e ele puxa — para tão perto de sua boca, mas não exatamente lá. Suas feições estão calmas, mas seus olhos ostentam uma súplica esperançosa.

— Mexe essa bunda, Rafael.

Eu... não consigo!

Seu peitoral sobe e desce regularmente conforme ele respira enquanto espera. Ele está me dando tempo, mas nunca me liberta do olhar que me tem sob domínio.

Não sei o que fazer. Não sei o que *quero*! Um desejo cresce dentro de mim que consome tudo aquilo que já conheci, tudo que já fui. É como se fosse devorar o caminho até a superfície essa noite, e não há nada que eu possa fazer para pará-lo. Para impedir seja lá o que Sebastian começou de acontecer.

— Mexe... — diz mais uma vez.

E eu mexo.

Meu peito se contrai, interrompendo meu fluxo de ar conforme projeto meus quadris para frente.

Sebastian guia meu pau até a boca novamente. Seus lábios ficam na ponta e ele começa a chupar, me deixando ditar o ritmo desta vez. Dobro um pouco meus cotovelos para poder chegar perto. Olhamos um no olho do outro. Todos os músculos do meu corpo enrijecem. E então os acordes profundos do violino invadem minha cabeça enquanto fodo a boca de Sebastian.

Neste momento, tudo ao meu redor cai no esquecimento. O quarto, o apartamento, o prédio, a cidade e seus habitantes. O resto do mundo... Nada além disso importa. Só eu e ele. E a paixão que ele libertou dentro de mim com aquele primeiro beijo que me deu há não muito tempo atrás.

Nada nunca foi tão proibido e tão prazeroso ao mesmo tempo.

Meu mundo está abalado.

E eu não tenho ideia de como fazer para voltar ao normal de novo.

Nem sei se quero. Porque Sebastian é o desafio mais perigoso com qual eu já concordei. Ele me faz sentir vivo. Livre das correntes com as quais costumo estar preso. Ele eleva tudo ao extremo. Nunca soube o quanto eu ansiava por isso — por alguém como *ele* — até este exato momento.

Estou emocionado. Sinto como se estivesse caindo sem garantias de que não vou me machucar. Sem *palavra de segurança*. Somente um salto do céu para um mundo que nunca ousei adentrar antes.

Com ele lá para me pegar, me parece um salto que vale a pena ser dado.

Lento e firmemente, continuo a estocar gentilmente. Sebastian me dá um tratamento especial com seus dedos e sua língua quente, e eu sei que não vou durar muito. A pressão dentro de mim emerge na superfície e uma pequena fisgada do meu pau anuncia o momento que finalmente me leva ao clímax.

Sebastian me encara com uma expressão no olhar que nem consigo nomear, e me engole inteiro enquanto saio de mim. Minha cabeça pende para trás e um gemido gutural me escapa enquanto as ondas de alívio perpassam meu corpo, sem parar, até a última gota.

Minha garganta está seca e meus pulmões têm dificuldade em inspirar. Pressiono minhas mãos contra a parede, grato pelo apoio já que agora estou totalmente desequilibrado. Conforme minha cabeça inclina para frente de novo, de imediato encontro o olhar calmo e quase suave de Sebastian em mim. Há um sorrisinho nos cantos de sua boca.

Com a bainha de sua camiseta, ele limpa a boca, o queixo e uma mancha na gola da camisa de botão antes de se levantar do chão. Conforme se afasta, eu desabo contra a parede, soltando um longo suspiro. Então me viro, levanto minha calça jeans e fecho o zíper. Meu corpo está encharcado de suor e eu irradio um calor que me assusta um pouco. Mas, pela primeira vez, me deleito com isso, também.

Sebastian pega um dos *floggers* que estão jogados no chão do quarto. Com um sorriso malicioso, ele me encara por cima do ombro.

— Quer brincar mais um pouquinho?

Sei que ele está me provocando. Porra, *espero* que esteja. Mas, para não correr nenhum risco ou ceder à sua tendência de tomar decisões imprudentes em meu nome, me desencosto da parede e caminho rapidamente até a porta.

— Vou tomar um banho — digo, num tom que

deixa claro que as brincadeiras acabaram por hoje.

Não me importo com que ele fará a seguir. Ir embora, descer as escadas e pegar algo para beber, assistir TV até que eu saia do banho... Não importa. Ele conhece bem a minha casa e eu não vou expulsá-lo. Pelo menos, ainda não. Mas preciso muito limpar o suor do meu corpo e, com sorte, relaxar.

No meu quarto, pego umas roupas limpas e então me dirijo ao banheiro onde eu as jogo na bancada de mármore da pia. Fico nu, deixando o jeans que eu usava no chão, e então ando até a parede alta de vidro e ligo a ducha quente.

É maravilhoso lavar de mim toda a tensão das últimas horas. Paulatinamente, com a ajuda da água quente e da distância do Sebastian, meus músculos relaxam e meus pulmões começam a desobstruir, então respirar não dói mais. Ensaboo o corpo e levo as mãos ao rosto, pelo cabelo, soltando um gemido profundo de confusão.

Aos sete anos, eu achava que minha vida não podia se complicar mais do que quando fui forçado a deixar minha terra natal e me mudar para um país onde as pessoas sequer falavam o meu idioma. Mal sabia eu o que me esperava aos vinte e três. Isso é muito mais difícil do que aprender a falar inglês sem sotaque.

Inclino minha cabeça para trás, encarando a água corrente, e suspiro. Até que um som de clique me faz virar.

A desvantagem de morar sozinho é que você para de trancar a porta do banheiro. Mesmo com um estranho no seu apartamento, você acaba esquecendo.

Sebastian entra como se compartilhássemos banheiros há eras e essa é a coisa mais natural do mundo. Congelado sob a água, meu coração vai até a garganta e eu ofego boquiaberto. O chuveiro achata meus cabelos encharcados e eles caem sob os meus olhos. Devagar, levanto minha mão e os coloco para trás, encarando abismado Sebastian do outro lado do vidro enquanto ele fita meu corpo de cima a baixo. Quase consigo sentir. Após um pequeno sorriso de apreciação, ele vai até a pia, tira a camisa e a camiseta, e enxagua os vestígios do que aconteceu mais cedo.

Os músculos de suas costas e de seus ombros destacam-se em ondas enquanto ele manuseia o material. As místicas tatuagens maori dançam por sua pele a cada movimento.

Por um longo tempo, permaneço rígido, assistindo com um terror fascinado enquanto Sebastian mais uma vez se intromete no meu mundo com uma calma absoluta. Sua presença no ambiente arrepia minha pele e entorpece não só minha língua, mas também a minha mente.

Quando ele termina de limpar as camisas manchadas e torce elas na pia, anseio pelo momento em que ele saia para que eu possa voltar a respirar regularmente. Só que ele não sai. Ele pendura as camisas molhadas na beira da pia e então abre a braguilha da calça. Depois de tirar as meias e jogá-las no chão, ele se livra da calça jeans junto da cueca boxer, despejando-as numa pilha com as meias.

É sério isso?

Conforme ele se junta a mim no box e simplesmente se posiciona embaixo da ducha, uma onda de choque me agarra pelo pescoço e eu recuo até que o ladrilho frio atrás de mim me impeça de fugir. Enquanto meu olhar de horror está fixado nele, ele sequer olha para mim. Que porra é essa?

Seu corpo começa a reluzir sob a luz do teto. Engulo a seco, deixando meu olhar passear até abaixo para apreciá-lo. Eu já o vi nu antes quando ele comeu a Tânia, mas hoje parece que o show é só para mim. Peitoral firme, abdome definido e uma bunda linda. Não tem ninguém aqui para dividir, mesmo que a única coisa que eu possa fazer é olhar.

Com os olhos fechados, Sebastian passa as mãos pelo cabelo molhado, puxando-os para trás. Ele então inclina a cabeça levemente em minha direção, me olha e abre um pequeno sorriso para mim.

Não posso sorrir agora. Preciso de toda concentração possível para continuar respirando para não morrer. Porque ele está muito perto. E pelado demais.

Enquanto eu aparento estar num estado eterno de transe e timidez, ele pega o gel para banho e lava o cabelo e o corpo em dois minutos. Depois, desliga a água. Preso como um golfinho na costa, eu ainda mantenho minhas mãos sobre a barriga e o peito, na exata posição em que elas ficaram quando ele entrou no chuveiro.

Só há uma única tolha branca limpa na prateleira

do lado do chuveiro. Sebastian a pega e se seca, então joga a toalha usada na minha cara, me arrancando do transe quando a agarro no último segundo antes de cair no chão molhado. Relutante, me esfrego com o tecido molhado e começo a me secar, mas meu olhar desconfiado permanece grudado nele o tempo todo. Caramba, mesmo semiereto ele é uma visão. Uma visão que eu gostaria muito de poder ignorar porque...

Ah, foda-se, quem estou enganando? Nunca fiquei atraído por ninguém como estou por Sebastian. Pelado. Vestido. No trabalho. Jogando videogame. Não faz diferença. Até quando ele está apenas tomando um gole de Sprite, acho difícil de tirar os olhos dele.

Essa descoberta machuca tanto quanto a constatação de que quero tocá-lo novamente. Sumir com as gotas de água entre suas omoplatas que ele não secou enquanto se enxugava. Elas deslizam numa trilha sedutora até o vale de seus músculos enquanto ele veste sua boxer e sua calça. Não consigo desviar o olhar.

— Me empresta um casaco de moletom?

— Hã? — Arrancado do meu deslumbramento, levanto meu olhar até o dele que me encara com um ar de esperança.

— Para ir para casa. Não quero usar uma camisa molhada — explica.

Minha mente ainda está cambaleante devido aos eventos desta noite maluca e da semana bizarra em geral. Eu apenas aceno.

Ele me olha por mais um momento antes de começar a rir.

— Ok, deixa para lá. Eu acho um sozinho. — Rapidamente, ele sai do banheiro. Consigo ouvir o som da porta à esquerda abrindo e estou finalmente sozinho. Aproveito a oportunidade para terminar de me enxugar e secar o cabelo, e então coloco a calça jeans e a camiseta de hóquei branca que trouxe comigo mais cedo. Quando saio para o corredor momentos depois, Sebastian sai do meu quarto, olhando para baixo enquanto fecha o zíper de um dos meus moletons azul-escuro, cobrindo seu peitoral desnudo. Nas costas, em branco, as palavras *"APENAS ULTRAPASSE. EU AMO CAÇAR!!!"* e a imagem de um carro de corrida mal-encarado sobre um coração na frente.

Eu paro imediatamente. Quando ele olha para frente, também para. Um metro e meio nos separa. Encaramos nos olhos um do outro e suas mãos largam o zíper lentamente. Há um momento de tensão que faz minha pele pinicar como se um milhão joaninhas estivessem rastejando por ela.

Meu olhar recai em sua boca. Mais cedo, ele disse que eu decidiria quando estivesse pronto para um beijo. Engulo em seco.

Ainda não estou pronto. Apenas *não estou*. Mas, porra, não consigo parar de olhar para aqueles lábios.

Com a testa levemente franzida, Sebastian enfia as mãos nos bolsos da calça e inclina um pouco cabeça. Ele me lê muito bem, desde que nos vimos pela primeira vez. Ele não teria me beijado se não o fizesse. Será que ele sabe que cada célula do meu corpo arde para saborear o proibido novamente? Meu coração palpita em meu peito e percebo que estou impossibilitado de lidar com a velocidade dos meus pensamentos. Eu pisco, mas estou incapacitado de me mover um centímetro sequer.

No minuto seguinte, a expressão curiosa de

Sebastian se transforma num pequeno e suave sorriso. Ele dá dois passos à frente, tira uma mão do bolso, me pega pelo pescoço e leva os lábios até a minha orelha, arrancando de mim um suspiro de choque.

— Hoje não — sussurra. — Não enquanto você estiver com tanto medo.

Minha garganta e minha boca estão secas, meu estômago contrai e minha pele queima da nuca para embaixo. Não consigo nem ter reação, a não ser fechar brevemente os olhos e deixar que suas palavras incitem meu anseio.

Não... ainda não estou pronto.

Ele me solta e desliza os dedos ao longo do corrimão conforme desse a escada em espiral. Relutante, caminho até a beira do andar, paro e apenas observo ele indo embora.

— A propósito, Rafa — fala ele enquanto desce os últimos degraus sem se virar. — Não faça planos para o final de semana. Nós vamos viajar. — Ele para, finalmente se virando para me lançar um rápido sorrisinho por cima do ombro enquanto atravessa a sala de estar até a porta. — E vamos passar a noite lá.

Imóvel, permaneço no topo das escadas, usando o corrimão como apoio. Ele se vai, então, e a porta se fecha.

Minha expressão é de confusão, e deixo escapar o ar que não percebi que estava prendendo.

CAPÍTULO 3

Rafael

Com a mente ainda na montanha-russa que foi essa noite, só consegui pegar no sono bem tarde e acabei dormindo mais do que devia. Um barulho estranho, semelhante a uma mesa sendo arrastada em algum cômodo fora do meu quarto, finalmente me desperta dos meus sonhos inquietos.

Esfrego os olhos e me forço a levantar. Rapidamente, coloco um jeans e me ponho à caça do barulho. Está vindo do quarto de jogos e a porta está entreaberta. Com dois dedos, a abro mais um pouco e espio o que está acontecendo lá dentro.

A cama está feita, o chão limpo e todas as gavetas foram colocadas em seus devidos lugares — aquelas que não estão quebradas, pelo menos. A poltrona pesada também está junto à janela novamente, provavelmente foi esse barulho que me acordou.

Em silêncio, me inclino ao lado da porta e vejo minha empregada. As grandes tranças grisalhas pairam sobre a blusa branca que envolve seu corpo robusto. Ela cantarola enquanto guarda o último punhado de algemas que pegou do chão.

Merda, que horas são?

Passo a mão pelo cabelo e entro na sala. Minha voz sai com um quê de culpa, quando digo:

— Não precisava arrumar aqui. Eu já ia fazer isso...

Ela se vira e sorri para mim, a expressão alcançando seus olhos cinzas.

— Bom dia, Rafael.

Sempre gostei da maneira como ela pronuncia o meu nome, com um forte sotaque espanhol. Ela pega minha camisa polo branca que tinha colocado numa prateleira e vem em minha direção. Aperta minha bochecha num gesto de saudação.

— Tudo bem, esse é o meu trabalho. — Seu rosto então se contrai um pouco. — Mas vou precisar de sua ajuda com as cortinas.

Timidamente, olho para a parede distante onde a barra permanece desencaixada e a cortina dobrada cuidadosamente sobre a cadeira.

Sua mão escorrega quando concordo e me inclino para beijar a doce mulher de East End na bochecha.

— Oi, Rosa. — Desde que me mudei para este apartamento e a surrupiei do antigo morador, ela se tornou uma espécie de avó postiça para mim, mais ainda quando meus pais voltaram para a Islândia. Às vezes tenho a impressão de que é graças a ela que esse lugar luxuoso se parece remotamente com um lar. A ela e à sua deliciosa torta de cereja, que traz quando faz para sua família de vez em quando.

Com minha camisa na mão, ela passa por mim e sai do quarto e pergunta em tom de preocupação:

— A Tânia está bem?

— Claro. Por que não...? — Interrompo minha fala e mordo o interior da minha bochecha. — Ela não estava aqui ontem... quando isso aconteceu.

Rosa conhece meus dois melhores amigos e sabe do tipo de relacionamento não-convencional que tenho com a Tânia. Ela ama meus amigos como me ama. Como se fossemos família... É claro que ela ficaria preocupada com a Tânia.

Rosa some no banheiro por um instante, sua voz ecoando pelos corredores:

— Quem estava aqui, então?

De volta ao corredor, um aroma quente de tempero que não havia notado anteriormente me chama atenção para as escadas.

— Ninguém, eu estava sozinho. — No momento.

— Ah, que bom. — Noto um tom de alívio em suas palavras. Quando ela sai do banheiro com mais duas peças de roupa nas mãos, seu olhar se volta para a estampa da camisa azul-escura e úmida. — Você tentou encolhê-las com água quente?

— Hã? — Esse é o único som que consigo emitir, pois sou invadido por uma onda de memórias. Uma mordida na bunda, lábios por todo o meu corpo. Um banho.

— Este não é o seu tamanho. — A voz de Rosa me puxa de volta ao presente.

— Ah, sim — gaguejo. — Hmm. Elas não são minhas.

Seu olhar se volta para o meu rosto. Eu engulo a seco. Se ela continuar fazendo perguntas, não sei o que vou responder. Mas ela não o faz. Ao invés disso, me lança um sorriso acalentador de avó e enrola todas as roupas, provavelmente para levá-las até a máquina de lavar.

— Está com fome querido? Fiz lasanha.

Eu amo a Rosa... por tantos motivos. Um deles é a sua comida caseira. Outro é sua aceitação sem julgamentos do meu estilo de vida. Sou tomado por um impulso de abraçá-la e dizer "obrigado", mas me controlo e apenas a sigo escada abaixo. Enquanto ela leva as roupas até a área de serviço, pego dois pratos do armário e arrumo a mesa para nós dois. Ela não costuma cozinhar sempre que vem para limpar, mas quando o faz, é sempre bom comer com ela.

*

No fim da tarde, sozinho mais uma vez, procuro por meu celular. A última lembrança que tenho dele, estava no bolso da calça jeans que usei ontem para ir à boate e larguei no banheiro. Espero que Rosa não tenha colocado para lavar, junto com o telefone! Felizmente, ela não colocou. Encontro-o repousando na bancada da cozinha junto com algum dinheiro que levava nos bolsos.

Enfio o dinheiro no bolso e afundo no sofá, desbloqueando a tela do celular e lendo por alto as quase centenas de mensagens. Aparentemente Tânia se desesperou ontem à noite. Também vejo algumas chamadas perdidas de Félix, mas isso apenas ocupa uns cinco por cento do total. Ligo para Tânia primeiro.

Não dá tempo nem do telefone chamar do meu lado antes que ela atenda berrando:

— Rafa?

— Tânia? — respondo com certo ceticismo. Aparentemente, ela ainda não se acalmou.

— Você está bem? Está em casa? Por que você desligou a porra do telefone ontem? Não, nem precisa explicar, já sei o motivo. Mas... *Porra, Rafael!*

Apesar de ainda estar emocionalmente abalado por conta de tudo que aconteceu, sua enxurrada de palavras me faz rir. Me inclino para o lado, deitando e apoiando meus pés no encosto do sofá em forma de L.

— Sim, estou em casa. São e salvo. — Prefiro não mencionar o resto. — O que aconteceu hoje às onze da manhã? Suas mensagens pararam como se alguém tivesse arrancado as suas mãos. Você finalmente dormiu?

— Não, liguei para o Sebastian — responde, em tom bem sério.

— Ah — digo, quase engasgando na minha própria saliva.

— Ele me mandou uma mensagem quando o dia estava amanhecendo dizendo que você vai cair em si — murmura Tânia, contrariada. — Você ao menos sabe como é se preocupar com um amigo a noite toda? Talvez eu deva dar a você um pouco desse gostinho um dia desses por vingança.

— Me desculpa... — Fecho os olhos e aperto a ponte do nariz porque realmente me sinto mal. Foi errado da minha parte deixá-la plantada na porta da boate daquele jeito. Mas eu não estava no clima para conversa, nem de estar na presença de ninguém.

Meia hora depois, Sebastian entrou na minha casa e provou o quão errado eu estava. — Só estou me sentindo um pouco... sobrecarregado, no momento.

Dois segundos se passam e ouço os suspiros de tristeza de Tânia do outro lado. Ela responde calmamente:

— Eu sei. — Uma pausa mais longa se segue. — Então, o que você quer fazer agora?

Solto um grunhido.

— Queria que você viesse aqui e me ajudasse a tirar o Sebastian da minha mente no quarto de jogos.

— É, desculpa gatinho, mas não vai rolar. — Ela ri. Era óbvio que ela diria isso, mas sua risada me irrita.

— Por que não?

— Primeiro, porque não é *comigo* que você quer ir para o quarto. Não é de mim que você precisa, mesmo que eu vista a camiseta do Sebastian. E segundo... Ele pediu para não fazer isso por um tempo.

Franzo a testa, encarando o céu azul lá fora pela janela.

— Vestir a camiseta dele?

— Entrar no seu quarto de jogos, idiota. — Consigo os olhos revirando em seu tom, mas sua voz suaviza quase instantaneamente. — Sebastian disse que você poderia me pedir ajuda para colocar seu mundo de volta no lugar. Ele duvida que vá funcionar e eu concordo.

— E *eu* acho que vocês dois deveriam parar de conspirar!

— Rafa...

Eu suspiro.

— Sabe — continua ela — eu não gostei do que ele fez ontem na boate, mas tenho quase certeza que ele gosta de você. E muito. E nós dois sabemos você gosta dele também.

Mordo meu lábio inferior.

— Não é mesmo? — pergunta.

Passo a língua nos dentes.

— Estou certa, Rafa?

Permaneço em silêncio.

— Fala sério, Rafael! Você gosta sim!

— Sim, eu gosto — respondo aborrecido, eventualmente. Agora ela se calou, mas eu quase consigo *ouvir* seu sorriso idiota através do silêncio.

Bruxa!

— Ele também te contou que quer me levar para algum lugar nesse fim de semana? — resmungo. — E parece que para passar a noite.

— Não. Aonde vocês vão?

— Ele não me disse e eu nem sei se quero.

— Claro que sabe. Surpresas são ótimas.

— Odeio surpresa. — E ela sabe disso. — Lidar com ele é tão difícil, especialmente quando ele me faz ir contra todos os princípios da minha vida.

— Você não pode estar sempre controlando tudo — diz ela, mas eu não acredito. — Às vezes você só precisa se soltar e se abrir. Ele é bom para você.

Faço um bico, franzo a testa e solto outro suspiro.

— Ele é bom em destruir mundos.

A risada de Tânia ecoa em meu ouvido.

— Queridinho, está na hora de desatar o nó de controle na sua mente.

— Não consigo.

— Claro que consegue. — Ouço uma porta batendo do seu lado da conversa como se ela tivesse acabado de deixar o apartamento. — Fique onde está, estou indo aí.

Digo em tom de piada:

— Para foder?

— Não, babaca. — E então o silêncio invade o telefone, indicando que ela desligou.

Deixo minha mão cair junto do telefone e mando uma mensagem para Félix, dizendo a ele que Tânia está vindo para cá e perguntando se ele quer se juntar a nós. Infelizmente, ele está na casa dos pais dele e só volta de noite. Ainda assim me pede para perguntar a Tânia se que ela quer fazer algo durante a semana. Pegar um cinema, talvez. Gosto da ideia porque tem um novo filme de terror que quero ver.

Quando a campainha toca, levanto do sofá e abro a porta para Tânia. Ela me dá um beijo na bochecha e eu a envolvo brevemente com o braço antes de fechar a porta enquanto ela tira os sapatos. Já que ela está usando jeans e um moletom vermelho-escuro da *The Umbrella Academy* ao invés de uma roupa sexy, está mais do que claro que ela estava falando sério sobre dar um tempo no sexo. Uma pequena parte de mim percebe que na verdade eu estou feliz com isso.

Tânia joga a mochila que trouxe consigo no sofá e pega um refrigerante na geladeira. Eu a sigo silenciosamente até a cozinha e me sento num dos três banquinhos lá. Com o queixo apoiado nas mãos, suspiro fundo enquanto espero.

Quando ela se vira, finge um bico e imita minha pose do outro lado da bancada.

— Por que tão sério?

Reviro os olhos, mas rio.

— Não vem dar uma de Coringa comigo, Hello Kitty.

Ela ri e então dá um gole no refrigerante se dirigindo até a sala. Viro minha cabeça para observá-la. Quando ela senta ao lado da mesa de centro e dá uns tapinhas no chão me convidando para acompanhá-la, desço do banquinho e vou. Sentado no chão ao seu lado, pergunto:

— Tem alguma razão para não estarmos no sofá?

— Tem.

— Que é?

Com um sorriso traiçoeiro, ela dá de ombros.

— Só estou com vontade de fazer algo diferente hoje.

Com a cabeça inclinada, lanço um olhar debochado.

— Seja lá o que estiver tentando, não vai funcionar. — Descobrir que eu gosto de garotos é um pouco diferente de quebrar as regras de sentar em móveis de verdade.

— Queeê? — Seus olhos fixam em mim enquanto ela toma outro gole, quase se molhando toda com a bebida porque tem dificuldade de segurar outro sorriso. — Não estou tentando nada.

— Claro. — Minha voz exala sarcasmo.

— Estou falando sério. — Ela deixa a lata de lado e então pega a mochila, tirando algo de dentro. Estava me perguntando o que ela tinha trazido. Um livro de colorir. É o quê? Ela também pega uma caixa de giz de cera. — Só estamos sentados aqui porque quero fazer um pouco de arte e fica difícil de fazer no sofá com essa mesa tão baixa.

Cruzo as pernas debaixo da mesa e pergunto, incrédulo:

— Você quero colorir este livro?

— Uhum. — Ela concorda e começa a usar um giz azul no chapéu de um duende sentado no meio de um campo de girassóis. Pelos próximos dois minutos, ela não diz uma palavra sequer ou me dirige o olhar. Está completamente perdida nas cores. É como se eu nem existisse para ela.

Resmungando de irritação, pego um giz amarelo e começo a colorir uma das diversas flores. O silêncio começa a me irritar rapidamente, então eu murmuro após terminar de pintar mais algumas:

— Félix quer ir ao cinema essa semana. Você topa?

— Claro. — Ela escolhe outra cor para pintar as calças do duende. — Não posso amanhã nem quarta, mas na quinta seria ótimo.

Concordo e então o silêncio impera novamente. Sério, isso aqui está parecendo uma aula de desenho do primário. Pouco barulho e muito tempo sozinho com os meus pensamentos. Como arte é uma coisa que relaxa muito, não demora nada até que Sebastian comece a invadir meus pensamentos de novo. Deus. Odeio isso. Principalmente porque começo a reviver o momento do corredor lá de cima quando saímos de cômodos diferentes, mas com um final completamente diferente desta vez. Lambo meus lábios, involuntariamente. Argh! Quero bater com a cabeça na mesa de centro. Talvez isso ajude a acabar com a vontade de beijar Sebastian.

— Tânia? — quebro o silêncio depois de algum tempo sem olhar para frente. Metade do campo de girassóis está amarelo e o duende totalmente colorido. — Você já ouviu falar da Parada do Orgulho Gay?

— Já. Acontece todos os anos em Londres. Por quê?

Porque temo que seja lá que Sebastian pretende me levar nesse fim de semana. Mas por que ele falaria que a gente ia passar a noite então? Guardo esse pensamento para mim mesmo e pergunto:

— Que tipo de pessoa você acha que estará lá?

— Ué... gays.

— Ha. Ha. — Reviro os olhos. Ela ri e então pega um giz roxo para colorir uma flor. Meus olhos se arregalam, fixos em seu crime hediondo. — Que porra você está fazendo?

— Colorindo as flores.

— De roxo? — resmungo.

— Sim, é a minha cor favorita. E daí?

— É a droga de um girassol. Você não pode pintar de roxo.

— Claro que posso. — Consigo notar o tom de malícia em sua voz e ela ignora completamente minha cara feia. Como senão bastasse isso, ela para na metade e começa a pintar outra flor qualquer.

— Tâniaaa! — Eu tomo o giz de cera da mão dela e termino de pintar a primeira. Ela pega de volta e começa a colorir a porra de uma terceira flor. Antes que ela consiga preencher todas as pétalas dessa, afasto a mão dela e rapidamente pinto o resto de amarelo.

Ela joga a cabeça para trás e ri.

— Rafa, querido, você precisa se soltar! — Ela então pega um giz turquesa e colore o sol com ele. Deus, como eu a odeio.

Volto a trabalhar no campo de flores de novo, olhando de soslaio o sol a cada segundo, rangendo os dentes. Eu sei que ela sabe que a estou observando e maldizendo ela na minha cabeça por isso. Pena que isso não a impede de ir além, não mesmo. A vaca começa a colorir sem respeitar as linhas, de propósito!

— Quantos anos você tem? *Três*? — explodo. Não é para colorir fora das linhas!

— Fica calmo, arquiteto — provoca Tânia. — Ninguém nunca morreu por pintar um pouco fora das linhas.

— Você quer me torturar hoje, não é? Essa é a única razão pela qual você veio.

Ela faz que não com a cabeça e sorri.

— Sim. — Então pega minha mão e, movendo meus dedos, me faz pintar uma das nuvens de amarelo. Eu já disse que odeio ela?

— Você precisar aprender que está tudo bem quebrar as regras de vez em quando, Rafa. A Terra continuará girando.

Sei, isso é o que *ela* pensa. Mas não é ela que está enfrentando uma virada de cento e oitenta graus na vida dela.

— Cara, você não faz ideia do que está falando... — Um suspiro profundo e cansado me escapa. — Porra, eu nem sei como me comportar com ele. Sebastian é tão... ele me deixa tão nervoso quando está por perto.

— Porque você fica analisando demais cada minuto com ele. — Seu toque nos meus dedos é quente, gentil. Ainda assim, impiedoso na jornada de arruinar o desenho e usar a cor errada. — Talvez você devesse tentar vê-lo como alguém tipo o Félix para variar. Você não se sentiria tão intimidado por *ele*, não é?

Pelo Félix? Não me sentira não. Porque eu não me sinto atraído pelo meu melhor amigo. Minha voz fica incrivelmente irregular.

— Mas eu não quero ser uma... — Meu olhar encontra o dela, temo que minha voz falhe com a próxima palavra. — Uma *bicha*. Nossa, isso soa tão horrível.

— Então não chame disso. Diga apenas "gay". — Ela aperta mais um pouco a minha mão, o giz de cera ainda entre os nossos dedos. — Muitas pessoas o fazem. E existem muitas garotas por aí que acham muito sexy quando homens são bissexuais.

Não brinca? Minhas sobrancelhas se juntam numa expressão curiosa.

— *Você* acha?

Com o olhar de volta ao livro, Tânia continua a colorir e múrmura "talvez". Ela encolhe os ombros, mas o leve rubor em suas bochechas indica que ela está falando sério. Quem diria?

Desisto de lutar contra ela e apoio meu cotovelo esquerdo na mesa, descansando o queixo em minha mão, e deixo ela acabar com o desenho à vontade, abusando da minha mão e dos gizes. Quando finalmente temos um céu verde, um campo de girassóis metade amarelo e metade roxo, um duende de pele vermelha e uma árvore rosa, Tânia finalmente larga minha mão. Ela apoia os antebraços na mesa e se inclina para me beijar na bochecha.

— Não seja apenas uma cor, Rafael. Seja o arco-íris inteiro — sussurra ela.

Em seguida, ela fica de pé, pega a mochila e se dirige até a porta, calçando os sapatos. Acho que o livro de colorir e seu significado profundo são um presente para mim. Com a porta já aberta e metade do corpo para fora, ela sorri para mim por cima do ombro.

— Chame o Sebastian para ir com a gente no cinema na quinta.

Não é uma sugestão, é uma verdadeira ordem. E sendo amigo dela por quase toda minha vida, sei que *ela* fará isso se eu não o fizer.

Fecho o livro de colorir, suspirando pelo nariz

enquanto sorrio e me jogo no sofá.

Girassóis roxos? Garota maluca.

Com as solas dos pés apoiadas na beirada da mesa, reabro a conversa com Félix e confirmo o cinema para quinta-feira. Então fecho o WhatsApp, prestes a bloquear a tela, mas meu polegar fica pairando sobre ela. Só de *pensar* em maneiras de convidar Sebastian para sair, uma colônia invisível de joaninhas invade minha pele. Elas rastejam por toda parte, malditas. Eu odeio arrepios.

Inspira. Expira. Inspira. Expira.

Com os lábios pressionados, volto para o WhatsApp e abro a terceira conversa da lista, rolando até o final. As palavras da nossa última conversa dois dias atrás fazem os cantos da minha boca subirem um pouquinho.

Eu

Boa noite, Bast.

Sebastian

Noite, Islândia
P.S. Adorei a sensação dos seus dedos na minha pele hoje.

Foi maravilhoso tocá-lo. O que aconteceu ontem à noite no quarto de jogos — foder sua boca — foi algo que nunca ousei sonhar antes. Mas traçar as linhas das tatuagens nos braços e no peitoral dele naquele momento incrivelmente carinhoso que compartilhamos é o que ainda fantasio sempre que fecho meus olhos.

Fecho os olhos *agora*, e quase consigo sentir o cheiro de Sebastian e sua presença ao meu lado no sofá de novo. Com o intuito de manter o sentimento acalorado que começou a crescer em meu peito, digito uma mensagem para ele.

Eu

Você está falando sério? Sobre viajar nesse fim de semana.

Por minutos a fio, encaro os dois sinais ao lado da mensagem que se recusam a ficar azuis. É frustrante. Mas é domingo, talvez ele esteja trabalhando na academia e não está com o telefone por perto. Para me manter ocupado, vou até a cozinha e como umas garfadas das sobras da lasanha que Rosa e eu comemos no almoço, mas mantenho os olhos grudados na tela do celular na mesa de centro.

Uma onda de adrenalina corre em minhas veias quando o barulho suave do meu smartphone no tampo de vidro finalmente ecoa pela sala. A pequena luz no canto superior esquerdo pisca em azul.

Lentamente, tiro o garfo da boca, mas continuo plantado na cozinha por alguns segundos. Então fecho o pote de plástico, coloco a lasanha de volta na geladeira e volto para sala. Com o telefone em mãos, caio no sofá sorrindo com suas palavras.

Sebastian

Sempre falo sério quando se trata de você.

Eu

Para onde a gente vai?

Sebastian

Surpresa. Mas você vai gostar.

Eu

Será que você pode me dar mais algum detalhe?

Que horas a gente vai sair daqui? Preciso levar algum traje especial, tipo um terno? Equipamento de segurança? Tênis para caminhar?

Sebastian

Não precisa levar pijama.

Eu

Nossa, como você é engraçado.

Sebastian

:-) Passo no sábado às dez da manhã para te pegar.

Sábado de manhã é muito tempo para esperar. Mordo meu lábio inferior. De repente, eu quero muito que ele vá com a gente no cinema na quinta. Ah, que se dane...

Eu

Você tem planos para a quinta?

Sebastian

Academia até meio-dia. Sem planos depois disso. Por

quê? Está me convidando para sair? :P

Reviro os olhos, mas sorrio — meio bobo.

Eu
Tipo isso.

Sebastian
Prossiga.

Eu
Félix quer ir ao cinema. Tânia quer que você vá junto.

Sebastian
O que VOCÊ quer?

Respiro fundo. Tânia disse "*seja o arco-íris inteiro*".

Eu
Acho que seria legal ver você antes do fim de semana.

Sebastian

Seria mesmo.

Eu

Mas não vou dividir minha pipoca!

Sebastian

Contanto que divida sua bebida...

Eu

Quem sabe...

Sebastian

Então pode dizer a Tânia que ficarei feliz em ir.

Coloco o telefone de lado e esfrego as mãos no rosto, suspirando nos dedos entrelaçados que coloquei sobre a boca e o nariz. Jesus Cristo.

CAPÍTULO 4

Sebastian

O cinema cheira a pipoca recém estourada e nachos mergulhados no queijo, mesmo a essa hora da tarde, quando está praticamente vazio. Rafael me escreveu ontem dizendo que pegaríamos a primeira sessão do dia porque Tânia não gosta de assistir filmes de terror tarde da noite. *Pesadelos* foram as desculpas oficiais. Até parece. Tenho certeza que foi ideia do Rafael, porque a essa hora do dia há uma boa chance de ficarmos sozinhos no cinema e ninguém vê-lo sentado ao meu lado.

Até que seu medo é fofo.

Mas o olhar que ele me lança do outro lado do corredor agora é puro fogo nórdico.

Está encostado na parede me encarando pelos últimos dois minutos, com as mãos nos bolsos de sua calça preta tipo skatista e as pontas de seu cabelo louro resvalando em sua sobrancelha esquerda. Eu encosto na parede oposta, a uns três metros do tapete vermelho que nos separa, e aprecio a vista.

Há alguns minutos, quando nos encontramos, Félix recolheu o dinheiro para comprar os ingressos de uma vez só e se mandou para a bilheteria. Para variar, Rafael escolheu o lugar mais longe possível de mim para esperar enquanto Félix e Tânia não voltam. Isso me fez rir. No entanto, seu olhar intenso me mantém plantado aqui. Ir devagar significa dar a ele a chance de decidir quando está pronto para se aproximar. Por ora, esta troca de olhares é suficiente para mim.

Rafael está vestindo a mesma camiseta da noite da corrida, aquela preta e branca, dividida verticalmente. Há um texto qualquer estampado em vermelho num quadrado do lado esquerdo de seu peito e outro do lado direito mais abaixo. Me pergunto se ele me dará a chance de chegar perto o suficiente para poder ler. De qualquer forma, considero esta minha camiseta favorita. Talvez por sentimentalismo. Ele a usava quando nos beijamos pela primeira vez.

É engraçado como podemos beijar centenas de pessoas em nossas vidas e não lembrar a sensação de nenhum daqueles beijos. Mas quando encostamos nos lábios daquele alguém especial, nunca esquecemos.

Com os polegares enfiados nos passadores da minha calça jeans, levanto uma perna e encosto a sola do sapato na parede atrás de mim. Deixo escapar um sorrisinho torto antes de perguntar:

— Então... vai dar um jeito de sentar entre os seus amigos no cinema? Ou será que vai ousar sentar do meu lado?

Eu espero ele olhar imediatamente para todos os lados, garantindo que ninguém ouviu o que acabei de falar, mas Rafael me surpreende. Seu olhar não desvia um milímetro sequer e ele dá de ombros tranquilo.

— Como eu vou dividir minha bebida com você

se eu não sentar ao seu lado? — E então um pequeno sorriso se segue.

Fodeu! Estou apaixonado.

Rafa respira profundamente, endireitando a postura. Ele se desencosta da parede e se aproxima lentamente, mordendo os lábios, mas mantendo o olhar no meu. A alguns centímetros de distância, ele finalmente quebra o contato visual quando gira e se encosta na parede bem ao meu lado. Chocado, viro lentamente minha cabeça para o lado.

— Estou começando a ficar preocupado — digo, meio brincando e meio sério.

— Não fique. — Ele pisca e então mantém os olhos no chão, focados no padrão cinza do tapete vermelho. — Só estou tentando me... — Um suspiro profundo interrompe sua fala e ele fecha os olhos. — ... abrir. A Tânia é bem persuasiva. Ele esteve no meu apartamento algumas vezes desde o domingo.

É mesmo? Meus lábios permanecem selados e me mantenho na mesma posição contra a parede. Em resposta ao meu silêncio, Rafa se vira para mim.

— Sala de estar — me garante calmamente, praticamente lendo meus pensamentos. Assim que consigo me livrar das imagens dele dois fodendo no quarto de jogos, ele continua. — Ela me obrigou a entrar num pote de arco-íris. Sem parar. Colorimos muito esta semana.

Ah... sim. Isso não faz o menor sentido para mim. Mas aparentemente, para ele, obviamente faz e isso é tudo de que preciso. Gosto da mudança nele, mesmo que sútil.

— Coragem combina com você — digo, num tom amigável. Então rio. — Mas a desculpa dos pesadelos é papo furado. Você está apenas manipulando a situação para testar seus limites.

Ele ri e volta a encarar o chão novamente.

— Pode ser que eu esteja.

Bato meu cotovelo em seu braço gentilmente e digo a ele:

— Tudo bem. — Sei como é difícil para ele expandir o território em que se sente confortável de ser visto com um cara. Claro, amei aquelas horas no apartamento dele quando estávamos a sós — a vez que ficamos no sofá ainda mais que o momento no quarto de jogos, para falar a verdade. Mas também é legal fazer coisas fora da casa dele. Juntos.

Só de ele estar tentando já significa muito para mim.

Momentos depois, seus amigos voltam da bilheteria e Félix segura um leque de quatro ingressos. Eu pego o último da esquerda e Rafael pega o que estava ao lado desse. Ainda faltam alguns minutos para o filme, então quando Tânia anuncia que vai ao toalete antes de entrarmos, caminho com ela até os banheiros.

Os outros dois vão para a bomboniere e ouço a implicância não tão sútil de Rafael pelas nossas costas.

— Garotas... Sempre têm que ir ao banheiro juntas.

É o quê? Uma risada escapa de mim enquanto viro no fim do corredor levantando minha mão e dando o dedo do meio para ele. Mas desisto, porque ele está lá parado com as mãos nos bolsos e o sorriso mais fofo e corajoso na cara.

Somente percebo que tinha parado de andar quando Tânia engancha o braço no meu e me puxa para a curva.

— O banheiro é por aqui — zomba de mim.

Eu rio, revirando os olhos para mim mesmo, e pressiono o braço contra minha lateral para prender a mão dela.

— Escuta aqui, eu não sei que merda você fez com o Rafa essa semana, mas eu... — De alguma forma, sem saber como continuar, apenas encolho os ombros e relaxo as sobrancelhas, minha cabeça virada para ela. — Obrigado.

Seus grandes e acalorados olhos se voltam para mim.

— Rafael é um cara maravilhoso. Alguém especial. Só quero vê-lo feliz. — Diante de nós, o corredor se divide. Damas e cavalheiros em lados opostos. Tânia para e retira a mão dos meus braços, mantendo o sorriso. — E eu acho que você o *faz* feliz.

Não tenho certeza se faço, pelo menos não sempre, mas realmente adoro aquele sorriso despreocupado quando ele se permite sorrir. É um sentimento incomparável ser o responsável por isso.

Tânia some no banheiro à direita e eu abro a porta com homem de palito. Quando retorno, ela já está com os outros, brincando com Félix. Rafael tem um saco de pipoca em seu braço e uma lata de Sprite em sua mão. O olhar colado no telefone em sua outra mão digitando alguma coisa apenas com o polegar. Sei que ele disse que não iria dividir a pipoca, mas não resisto à tentação de envolver meu braço em seu pescoço e roubar algumas. Meu corpo fica mais colado ao dele quando coloco-as em minha boca.

Merda. Grande erro. Me afasto dele e cuspo tudo na lixeira encostada na parede.

— Nossa, você gosta de pipoca doce?

Rafael guarda o telefone e me lança um olhar de reprovação.

— Isso é para você aprender a não encostar na minha comida.

Com a cara franzida, levanto as mãos em rendição.

— Nunca mais, eu juro.

Ele pega a bainha da camiseta e esfrega bem a parte de cima da lata de Sprite. Sua calça preta está mais abaixo da cintura e deixa amostra sua cueca boxer da Calvin Klein e uma parte da pele de seu abdome trincado. Quando a camiseta cai novamente, eu olho para cima mediante o som que a lata faz quando ele a abre e me oferece.

— Quer tirar esse gosto ruim da boca?

— Sei de um jeito melhor de tirar esse gosto da minha boca — digo lentamente, fixando em seus olhos enquanto aceito a bebida e tomo um gole.

O olhar de Rafael se volta para a minha boca e ele umedece os lábios com a língua. Provavelmente um movimento inconsciente, mas... sim, exatamente o que eu estava pensando.

— Vamos, pessoal — diz Tânia, interrompendo nosso momento e passando por nós arrastando Félix. — Precisamos entrar logo na sala, eu quero ver os trailers também.

Entro no cinema com a lata de Sprite na mão e coloco-a no suporte entre Rafael e eu quando nos sentamos na última fileira. Parece que estamos basicamente sozinhos aqui, fora alguns adolescentes que ocupam lugares a umas cinco fileiras na nossa frente, conversando entusiasmados. Félix senta-se na cadeira à esquerda de Rafael e Tânia pega o assento ao lado dele.

Os trailers já estão passando e, cinco minutos depois, as luzes se apagam e o filme começa. Afundo na minha cadeira e foco na tela. A melodia assustadora da abertura eventualmente silencia os adolescentes e uma tensão familiar toma conta do ambiente. Raramente venho ao cinema, mas quando venho, é quase sempre para ver um filme de terror.

Rafael não parece estar nem um pouco interessado na abertura. Pelos primeiros vinte e cinco minutos, ele fica completamente envolvido com a pipoca, enfiando punhado atrás de punhado na boca. Eu o observo de canto de olho e, de vez em quando, viro minha cabeça para olhá-lo diretamente.

— O quê? — pergunta ele baixinho enquanto mastiga, arqueando as sobrancelhas mostrando estar claramente perturbado com meu fascínio. Aos risos, apenas balanço a cabeça e então assisto à mocinha na tela esbarrar em seu perseguidor. Rafael perde a cena completamente porque vira o saco com o resto da pipoca na boca. Parece que alguém gosta mesmo de pipoca doce.

Ele amassa o saco de papel e enfia-o no suporte, no lugar da Sprite. Depois de tomar um grande gole, pego a lata de sua mão e bebo também. Ele só me deixou um pouco, então eu coloco a lata no suporte do meu outro lado e coloco minha mão esquerda no braço da cadeira entre nós. O negócio tem espaço suficiente para três braços, mas Rafael imediatamente tira o dele quando nossos cotovelos se encostam acidentalmente. Provavelmente foi reflexo, mas ainda assim me irrita um pouco e eu faço careta para sua coxa, onde seus dedos agora arranham o tecido de sua calça.

Dois passos para frente, um passo para trás.

Eu não deveria me importar, já que ele está progredindo bastante. Mas tê-lo ao meu lado por mais um hora, tão perto e sem contato corporal, meio que acaba um pouco com a graça do dia para mim.

Morro de vontade de simplesmente esticar meu braço e entrelaçar meus dedos com os dele. Só que isso só ia piorar as coisas. Para ele, e a longo prazo, para mim também. Então, simplesmente solto um suspiro profundo e deixo minha mão onde está.

— Me desculpa... — Suas palavras baixas vêm até mim e me fazem virar a cabeça instantaneamente para ele. Seus olhos tristes estão focados em mim como se ele estivesse me observando enquanto eu encarava seu colo. Algo desconfortável se aloja na minha garganta porque agora sou eu que tenho que me desculpar. Mantenho meus olhos nos seus, piscando devagar com os lábios selados. Lição aprendida. Nada de movimentos bruscos perto dele hoje.

Sua garganta se contrai conforme ele engole, e ele então se vira para frente, acompanhando ação que acontece na tela novamente. Muitos segundos depois, eu faço o mesmo. No entanto, rapidamente algo perto do meu braço chama minha atenção. Sem mexer a cabeça desta vez, apenas olho para baixo e sorrio levemente. Rafael colocou o braço de volta onde estava anteriormente, *quase* tocando o meu.

Me mantenho totalmente imóvel, apenas observando como seus dedos começam a tamborilar uma batida nervosa no estofado. Eles avançam em direção ao meu. Lambo meus lábios, o sorriso abrindo um pouco mais.

O que você vai fazer agora, Islândia?

O tempo parece congelar por segundos a fio. Se eu pegasse em sua mão e entrelaçasse nossos dedos, sei que ele permitiria. Se alguém o desafiasse, ele o faria também. Mas passar por cima de suas leis e regras por nenhum motivo além de *querer* me tocar é uma empreitada totalmente diferente para Rafael. Algo que obviamente o leva aos seus limites.

Devagar, viro minha mão e fico com a palma aberta para cima. Eu não vou tomar a decisão por ele, mas posso oferecer um convite sutil. Ele nem tenta esconder que está mais concentrado no que está rolando entre nós do que no filme. Consigo ver pelo canto do olho.

Sua perna direita começa a balançar conforme seus dedos começam a rastejar em direção aos meus, milímetro a milímetro. Eles se levantam do braço da cadeira em câmera lenta até finalmente ficarem pairando em cima da minha mão. Cacete, meu coração começa a acelerar, casando com o ritmo dos joelhos dele balançando.

Anda, Rafa. Você está quase lá. Só um pouquinho mais perto.

Seguro minha respiração. Seu dedo do meio é o primeiro a abaixar, encostando levemente. Mas no instante seguinte, ele puxa o braço, levando as duas mãos ao rosto. O gemido que passa por seus dedos é patético e possivelmente o som mais doce que ouvi durante toda a semana.

Rindo, dou um tapa em sua coxa, rapidamente, e então me inclino para perto dele.

— Se apenas você soubesse, floquinho... — sussurro, encostando meus lábios em sua orelha intencionalmente.

Rafael abaixa as mãos e suspira profundamente.

— Isso é... tão *difícil* — diz baixinho. Sua expressão é digna de pena, claramente decepcionado consigo mesmo.

Em breve, estaremos passando dois dias inteiros juntos, até mesmo dormindo no mesmo quarto. Haverá tempo o suficiente para tentar novamente.

Reclino minha cadeira, entrelaçando os dedos sobre a barriga e voltando minha atenção para a tela. Momentos depois, no entanto, afasto um pouco minhas pernas, tocando gentilmente em seu joelho direito com o meu esquerdo. Viro ligeiramente minha cabeça, encontro seus olhos e lhe ofereço um sorriso suave. Rafael sorri de volta. E é isso.

Ficamos assim até o final do filme. Sem dedos tremendo, pernas balançando. Quando o filme acaba e é hora de ir embora, me bate um arrependimento porque as últimas horas passaram tão rápido.

Para minha felicidade, Félix sugere que a gente tome alguma bebida antes de ir para casa num pub que fica na esquina do cinema. Então, todos nós ocupamos uma pequena mesa com tampo de mármore. Uma conversa animada a respeito do filme se inicia entre Félix e Tânia enquanto sentamos e fazemos nossos pedidos. De vez em quando, dou minha opinião. Ainda assim, na maior parte do tempo, me distraio observando Rafael, que parece ter batido em retirada para seu mundinho quieto. Quando a garçonete traz nossas bebidas quentes e a soda de limão de Félix, ele a agradece com um sorriso e então puxa a xícara no pires em sua direção.

Enquanto bebo meu espresso, Tânia joga metade de um pacote de açúcar em seu chá verde e então dá o resto para Rafael sem que ele peça ou que ela pare seu discursos sobre o filme de terror. Ainda sem ouvir, Rafa derrama a outra metade do açúcar dela e o pacote dele mesmo em seu cappuccino. Seu olhar pensativo vagueia em volta da xícara, provavelmente em busca de outro açúcar. O pub obviamente economiza com suprimentos.

Suas sobrancelhas arqueiam de uma forma fofa e

desapontada, causando meu sorriso. Pego o único sachê de açúcar em meu pires e empurro lentamente sobre a mesa para ele com dois dedos.

A mão de Rafael congela no movimento de mexer o café quando ele vê o pacote de açúcar indo em sua direção. Relutante, ele solta a colher e estende a mão para aceitar o sachê, sorrindo timidamente enquanto o puxa para si. Sacode duas vezes o pacote a fim de jogar os cristais para o lado oposto ao que ele rasga, então derrama tudo em seu cappuccino que já deve estar doce demais. Mexendo novamente com a colher de prata, seu rosto retoma uma expressão de calma e satisfação. Ele toma um gole e então se encosta, aparentemente pronto para observar o resto do mundo agora.

— Meu Deus do céu — grita Tânia, espremendo uma rodela de limão em seu chá. — Eu achei que ia fazer xixi nas calças quando ele foi atrás da garotinha na casa no começo.

Rafa inclina a cabeça e franze a testa para seus dois melhores amigos.

— Tinha uma garotinha?

Os dois ficam em silêncio, encarando ele como se

ele tivesse acabado de anunciar que está se mudando para o Polo Norte. Eu caio na gargalhada.

— Cara, Islândia, eu amo como você faz tudo com uma devoção extrema.

Suas bochechas ficam rosadas porque ele lembra perfeitamente o que fez ele se distrair tanto que perdeu completamente a primeira morte do filme.

Eventualmente, Tânia balança a cabeça e Félix passa a mão por seus cabelos ruivos antes que os dois continuem sua conversa. Eles analisam tudo em relação ao enredo e conversam bastante sobre o que eles teriam feito de diferente. É engraçado ouvir os dois, porque parece que eles têm opiniões opostas sobre cada detalhe. Ainda assim, eles têm uma paixão entre si que é quase tangível do outro lado da mesa. Me pergunto se sou o único que percebe isso.

Em algum momento mais tarde, conforme saímos do pub e nos despedimos, eu abraço Tânia rapidamente e aperto a mão de Félix. Rafael é o último a quem me dirijo. De repente, há um silêncio desconfortável entre nós. Um abraço seria exagero, mas bater os punhos também não parece certo. Nossa amizade está em algum lugar difícil de definir no momento. Então, por falta de opção, eventualmente enfio as mãos nos bolsos e inclino minha cabeça com um sorrisinho.

— Te vejo no sábado.

Rafa acena lentamente sem dizer uma só palavra. Mas o canto de seus lábios formam um pequeno sorriso. É tudo que eu posso pedir no momento. Vou embora feliz.

*

Na manhã de sábado, coloco algumas roupas numa bolsa de viagem e procuro o moletom azul-escuro que Rafa me emprestou no fim de semana passado. Como só usei por algumas horas naquela noite, não vi a necessidade de lavá-lo antes de devolver a seu dono. Mas o maldito casaco quer brincar de esconde-esconde agora.

Após vários minutos e muitos palavrões, finalmente o encontro dobrado num dos bancos altos da bancada da cozinha, onde costumo comer ao invés de ficar sentado sozinho na mesa. Eu o pego junto das chaves do carro, desligo as luzes do meu apartamento de setenta e quatro metros quadrados, tranco a porta e então desço o único lance de escadas até a saída do prédio.

Meu carro descansa no fim da rua, mas depois que jogo a bolsa no porta-malas e o casaco de Rafa no banco do carona, ele volta à vida com um ronco de boas-vindas. O trânsito de sábado de manhã é uma merda, então me planejei para ter um tempo extra para a corrida até Mayfair. Chego na casa de Rafael às dez e três.

Estacionamento subterrâneo. Mando uma mensagem para ele no WhatsApp e torço para que já esteja pronto. Ele responde muito rápido com um emoji de polegar para cima. Nenhum convite para subir significa que ele já está descendo. Ótimo. Saio do carro e espero por ele, encostado na porta, as mãos nos bolsos dos meus shorts largos.

Dois minutos mais tarde, um som ecoa do elevador quando a porta se abre. Rafael sai dele vestindo uma de suas camisas largas de hóquei sobre um jeans azul. Uma mochila preta gasta sobre seu ombro direito. Conforme ele anda em minha direção, nenhum músculo de sua face se mexe, mas seus olhos focam em mim com uma certa intensidade. Ele para a alguns metros de distância.

Ajeito a postura e coloco a mão na maçaneta do carro.

— Está pronto?

O floco de neve tira os óculos azuis da cabeça e coloca sobre os olhos. Eles deixam ele com um ar de reservado, porém muito gostoso.

— Vamos nessa — diz ele, então abre um sorriso largo e caloroso, e eu só queria devorá-lo.

CAPÍTULO 5

Rafael

Porra, estou uma pilha de nervos essa manhã. Félix ri da minha cara sentado no banquinho da cozinha, enquanto estou agachado no chão limpando a sujeira que fiz deixando a caneca de café escorregar da minha mão. Ele chegou aqui umas oito e quinze, logo depois de me acordar com uma mensagem dizendo que queria conversar comigo antes que eu saísse para meu fim de semana com Sebastian.

Só espero que não seja uma conversa sobre sexo seguro com outro homem, ou terei que matá-lo e enterrar seu corpo na mata.

— Nunca vi você tão tenso antes — diz ele, esfregando o queixo, seus olhos ostentando um brilho de divertimento. — Se eu não te conhecesse, diria que você está caidinho por esse cara.

Fuzilo ele com um olhar por cima do ombro, mas não digo nada para discordar.

Sua rosto exibe uma expressão de confusão.

— Então, você está...

Respiro fundo conforme me levanto do chão e jogo os cacos da caneca na lixeira, me viro para ele e confesso:

— Não sei o que é, mas Sebastian me deixa realmente abalado. — Excitado. Animado. Feliz. Melancólico. Tudo ao mesmo tempo. Se é assim que alguém deve se sentir quando está gostando de uma pessoa, então talvez eu esteja.

— Tudo bem, cara. Isso é foda! — Ele levanta a caneca com listras pretas e brancas num gesto de brinde. — Já era tempo de você achar alguém que te deixasse assim. — Seus olhos castanhos exprimem verdade, mas tem algo implícito que ainda não consegui decifrar. Félix põe a caneca de volta na mesa sem beber e puxa a gola de sua camiseta verde, coçando o pescoço. Ele sempre faz isso quando está desconfortável com algo. Dou um passo para trás e sento na bancada da cozinha, inclinando minha cabeça. Acho que é agora que a conversa de verdade vai começar.

— Se você me perguntasse três semanas atrás, eu nem ousaria acreditar que você se interessaria por caras. E ainda assim, para ser sincero, isso de alguma forma me acalma. — Félix me pega desprevenido com essa declaração.

— Por quê? — pergunto.

Ele toma um gole de café e então limpa a garganta, seu olhar abaixa e agora encara a ilha da cozinha.

— Ultimamente estou cansado de ter que dividir a Tânia.

Minhas sobrancelhas arqueiam em surpresa e ele volta a olhar para mim. Cautelosamente.

— Eu meio que gosto dela. Tipo... de *verdade* mesmo — murmura ele.

Assim como eu. Mas parece que um de nós está verdadeiramente *apaixonado* por ela. Por essa eu não esperava.

Agarro a beira da bancada e estreito os olhos encarando meu melhor amigo no mundo todo.

— E por que você não me disse porra nenhuma?

Ele dá de ombros meio cabisbaixo.

— A Tânia sabe dos seus sentimentos?

Félix umedece os lábios e, passado um instante, balança a cabeça.

— Ela sempre me pareceu feliz com a forma como as coisas eram entre nós três. Não queria tirar você dela ou o contrário. Realmente não sei. — Olhando para caneca, sua expressão é de pura desolação. — Eu não queria arruinar nossa amizade especial e deixar tudo complicado.

— Complicado? — Solto um suspiro cínico. — Se tem alguém que sabe algo sobre esse assunto, esse alguém sou eu

— Exatamente. — Ele envolve a caneca com os dedos como se precisasse se segurar em algo para dar continuidade à conversa. — Você tem a sua própria... *história de amor* acontecendo agora. As coisas estão tomando um rumo próprio e a Tânia está finalmente se dando conta de que não vai ter nós dois para todo o sempre. Não acho que ela seria capaz de decidir entre um dos nós, porque *sempre* fomos um trio.

Ele está certo. Nossa dinâmica já não é de hoje. E provavelmente continuaríamos dessa maneira pelos próximos cinquenta anos se um estranho não tivesse chegado para mudar nosso peculiar e incrível triângulo de amizade. Sinceramente, poderia ter acontecido com qualquer um de nós. Que tenha sido comigo é mera coincidência.

Minhas pernas balançam no ar e encaro meus pés.

— Então, quando você vai conversar com ela sobre isso?

— Pensei que talvez neste fim de semana. Só queria falar antes com você para ver se estava tudo bem.

Um tanto incrédulo, levanto rapidamente minha cabeça.

— Que você peça a ela para ser exclusiva com você?

Félix assente.

— Só não tinha certeza se você estaria pronto para abrir mão dela.

Meu queixo cai.

— Se você tivesse dito ao menos uma palavra, seu merdinha, eu teria parado meu lance com ela na hora! Mesmo antes de Sebastian aparecer na minha vida e botar tudo de cabeça para baixo. Você sabe que a amo. Mas todos nós sabemos que nunca a *amei* de verdade. — Enquanto Félix ama, e isso é maravilhoso. Eles são o casal perfeito. Félix vai fazer bem para Tânia e mesmo que eu saiba que ela sempre nutriu sentimentos românticos por mim, que eu nunca pude retribuir, ela sente exatamente o mesmo por ele.

Deslizo do balcão e me apoio com as mãos na ilha da cozinha em frente a ele, encarando-o com uma expressão de encorajamento.

— Pode ir em frente.

Por um breve momento, Félix procura meus olhos. Então, um sorriso determinado aparece em seus lábios.

— Eu vou. — Ele sai do banquinho e olha para o relógio na parede enquanto se dirige à porta. São quinze para as dez. — E você vai?

Falar sobre Tânia nos últimos minutos me acalmou bastante. E mesmo que as joaninhas tenham voltado a rastejar sobre a minha pele, eu aceno firmemente enquanto o acompanho até a saída. Tive uma semana inteira para me preparar para essa viagem. Depois de ver Sebastian no cinema na quinta-feira, fui ficando cada vez mais ansioso para que este fim de semana finalmente chegasse.

Nos despedimos, apertando as mãos, então fecho a porta e volto para a sala de estar. Pego meus óculos de sol na mesa de centro e os coloco na cabeça para mais tarde. Depois, me afundo no sofá ao lado da mochila que possui algumas mudas de roupa, uma escova de dentes e o cabo para carregar meu celular.

Minutos mais tarde, ele vibra com as coordenadas de onde Sebastian está me esperando. Sinto um frio na barriga, mas meu coração dá piruetas em antecipação.

Jogo a mochila no ombro e pego o elevador particular diretamente para o estacionamento subterrâneo. Dentro, encosto na parede e me seguro na barra de metal com as duas mãos. Vendo os números dos andares um por um contarem regressivamente a partir do 9 só me deixa mais nervoso. Finalmente, encaro meus pés e espero pelo o fim da curta viagem.

O sinal toca quando a porta se abre. Respiro fundo antes de levantar a cabeça e encontrar Sebastian encostando no seu Honda branco, os olhos fixos em mim. Só de vê-lo na minha frente um turbilhão de sentimentos toma conta de mim de uma só vez. Tenho vontade de sorrir porque, merda, ele está lindo de moletom preto e shorts jeans bege. Suas pernas estão bronzeadas, algo que minha pele pálida desconhece, e seus sapatos vermelho-escuro chamam atenção. O boné da Nike que ele usa está virado para trás como sempre e seus olhos castanhos possuem um brilho intenso.

Endireito os ombros e ando até ele, sentindo meus batimentos cardíacos acelerarem a cada passo.

Sebastian dá partida no carro.

— Está pronto?

Gosto do tom calmo e confiante em sua voz. É contagiante.

Tiro os óculos da cabeça e os ponho sobre os olhos, deixando-os tingirem meu mundo de uma tonalidade misteriosa de gelo escuro.

— Vamos nessa — respondo e finalmente deixo

escapar um sorriso que estava guardando dentro de mim desde o momento que li sua mensagem.

Enquanto ele se posiciona atrás do volante, abro a porta do carona. De surpresa, meu moletom azul-escuro está no banco. Eu o pego e coloco na mochila entre os meus pés depois de sentar. As camisas lavadas de Sebastian ainda estão nas gavetas do meu quarto. Nem pensei em devolvê-las durante toda a semana — muito menos agora.

Aperto o cinto conforme entramos no trânsito, encarando o sol. Ainda levemente ansioso, faço minhas pernas abrirem e fecharem várias vezes.

— Agora você pode me dizer para onde estamos indo?

Seu olhar se volta para mim, depois para minhas pernas e ele ri.

— Pode ficar tranquilo, sou um bom motorista.

— Claro, mas não é isso que está me deixando nervoso. — Um tom de cinismo toma conta de minha voz. De alguma forma, ainda estou com medo de que ele me leve até à Parada do Orgulho Gay. Até que parece divertido, mas parte de mim apenas não quer ir para lá.

Minha inquietação deve ser divertida para ele, porque ele continua rindo. Porém, assim que cruzamos a Albert Bridge, ele se compadece da minha situação.

— Estamos saindo da cidade. Vamos para o sul.

Franzo a testa para as lanternas traseiras à nossa frente. O que tem no sul da Inglaterra? Quando procurei sobre ele na internet na noite em que nos conhecemos, dizia que ele nasceu e também frequentou a universidade lá.

— Eastbourne? — pergunto. Ele está realmente me levando para sua cidade natal? Meu coração palpita um pouco só de pensar. Por alguma razão, havia a imagem de um bom hotel nas montanhas na minha mente durante toda a semana.

Ele estreita os olhos e me olha de lado.

— Como você encontrou o meu trabalho, eu provavelmente não deveria me surpreender que você também sabe de onde eu venho, não é?

— Facebook — explico. — Por que estamos indo para sua cidade natal?

— Quero que te apresentar a alguém. — Imediatamente, sua expressão se aquece novamente.

Seu relaxamento não é contagiante. Seco minhas mãos subitamente suadas em minha calça. Merda, está cedo demais para ser apresentado a pessoas especiais para ele. Minha voz falha.

— Sua família?

— Uma pequena parte dela, sim. — Ele sorri. — Mas não se preocupe, você não vai precisar responder nenhuma pergunta estranha. Uma delas me conhece mais do que qualquer pessoa no mundo e está acostumada a me ver com garotos. E a outra é completamente imparcial.

A descrição que ele faz me soa muito como pessoas que eu provavelmente chamaria de mãe e pai. Ou Tânia e Félix... Não sei se nada disso me acalma. Uma vontade de cobrir meu rosto com as mãos e ficar em posição fetal toma conta de mim. Tenho que lutar muito forte contra, mas faço o meu melhor para me manter tranquilo e afundo no banco, até onde o cinto de colete me permitir, pelo menos. Esses cintos costumam ser bem apertados. Estranhamente, me dá um pouco de conforto — algo que de que preciso agora.

A fileira de casas da cidade logo dá lugar a uma

paisagem verde que nos envolve. Finalmente consigo respirar e esvaziar minha mente devido à paisagem livre. Inclino minha cabeça para o lado e aprecio o céu azul brilhante pela janela. Um sorriso leve surge em meus lábios. No livro de colorir da Tânia, os céus eram verde, rosa, amarelo e vermelho. Nunca azul.

— O que você acha? — pergunta Sebastian, interrompendo meus pensamentos. — Quem de nós vai ganhar a corrida?

— Aquela que o Elliot quer organizar, com nós dois? — Não pensei nisso a semana toda.

Ele dá um breve aceno com a cabeça.

— Bem, se você dirigir como está dirigindo agora... com certeza eu — provoco.

Sebastian aceita a provocação de bom grado e, rindo, pisa no acelerador fazendo o carro voar pela estrada. O impacto me joga contra o banco, e eu amo. É assim que se dirige um carro.

Fecho os olhos e suspiro bem fundo. Só aí que percebo pela primeira vez um perfume sútil no carro. Pele bronzeada sob uma cada de gel pós-banho de almíscar. Deve ser esse o cheiro de um arco-íris.

Olho para o lado e me ponho a admirar o perfil de

Sebastian. Mesmo focado na estrada deserta à nossa frente, ele dirige com uma calma que me faz pensar se ele não estaria perdido nos próprios pensamentos agora. Uma mão no volante e a outra no câmbio de marcha. Só pelos músculos e a pele visíveis é pode-se ver que ele tem uma estrutura naturalmente musculosa. Algo que eu só atingiria se começasse a tomar anabolizantes. Não o invejo, mas aprecio a vista.

Ele percebe meu olhar e pergunta em um tom suave:

— Está tudo bem?

Eu não respondo imediatamente poque primeiro quero analisar o sentimento tomando conta de mim. A ansiedade sufocante foi embora. Acho que serei forte o bastante para encarar o que quer que aconteça neste fim de semana. Sebastian nem sempre utiliza dos artifícios mais gentis para conseguir o que quer, e em algumas ocasiões *abriu* meus olhos com uma brutalidade implacável. No fim das contas, ele me colocou num caminho que aprendi a gostar, porque estamos juntos nele. Ainda não estou pronto para contar ao mundo que estou apaixonado por um homem, mas tudo bem admitir para mim mesmo.

— Sim — respondo finalmente.

Seu rosto se retorce de curiosidade quando ele vira para me olhar, e acredito que seja porque demorei demais para responder. No entanto, creio que ele vê algo em meus olhos, porque antes de se voltar para a frente de novo, deixa escapar um sorriso com uma pitada de admiração.

Agora que sei para onde estamos indo, imagens de como o fim de semana será começam a povoar minha mente. Refeições numa grande mesa com um casal na casa dos cinquenta. *Sr. e Sra. Rhyse* estampado no capacho. Quem sabe um cachorro latindo dentro do... quê? Apartamento? Casa? Mesmo que eu esteja ansioso para passar um tempo com Sebastian, o fato de ter outras pessoas conosco gera um sentimento sufocante dentro de mim. Se ele pretende sair comigo mais vezes no futuro, vamos ter que conversar seriamente sobre nossas preferências para férias.

Um ganido de insegurança irrompe em minha voz.

— Como você vai me apresentar para a sua família? — Se a palavra *namorado* surgir em qualquer momento deste fim de semana, eu pego o primeiro trem para casa e apago o número dele do meu telefone.

— Rafael, o gay — responde, impassível, e então cai na gargalhada enquanto reviro os olhos e dou um soco em seu braço.

— Sem graça — vocifero.

Sebastian luta contra o próprio riso até finalmente engoli-lo.

— Desculpa. — Ele soa tão dócil que acabo acreditando nele. — Como você gostaria de ser apresentado? — pergunta.

Não tenho ideia do que dizer.

Se eles realmente estão acostumados a vê-lo com outros homens, me incomoda a possibilidade de eles pensarem que eu gosto de caras desde o *primeiro* momento. Perdido, desisto.

— Tudo bem se eu disser que você é... — ele me olha, o rosto ainda com uma expressão acolhedora e compreensiva — um amigo?

— Um que você não está fodendo?

Sua boca se curva num sorriso malicioso.

— Você quer que eu diga isso?

— Não!

Ele volta a rir e então coloca a mão na minha coxa, me tranquilizando. Ele se demora lá por muito tempo, mas não é nada desconfortável, então eu deixo.

— Fica tranquilo, Islândia — diz ele, enquanto seu polegar me acaricia. — Vou te apresentar de maneira decente.

É tão mais fácil deixar que os toques aconteçam quando ele os inicia. Sempre que penso em encostar nele, meus batimentos cardíacos atingem um ritmo preocupante. Me sinto como um covarde de merda. Quando Sebastian coloca as mãos de volta no câmbio, sinto falta da sensação de seus dedos quentes em meu jeans quase imediatamente.

— Félix apareceu lá em casa hoje — digo, só para manter a conversa rolando e porque gosto de ouvir sua voz. — Conversamos sobre ele e Tânia.

— Eles estão juntos agora?

Sua pergunta é tão espontânea e direta que meu olhar se volta imediatamente para ele em fascínio.

— Não, mas acredito que em breve estarão. Félix quer pedir a ela para serem exclusivos.

Ele assente.

— Não está surpreso?

— Não. — Ele me olha espantado. — Você está?

— Um pouco. Não esperava por isso.

— Aposto que Tânia também não.

— Mas você sim?

Ele reflete um pouco antes de falar.

— Conhece a história do sapo na água quente?

Minhas sobrancelhas formam um V.

— Sim. — Se você colocar um sapo numa panela com água quente, ele pula imediatamente. Se colocá-lo na água fria e deixá-la esquentar gradativamente, ele permanece lá até cozinhar.

— Acho que a mesma coisa acontece com vocês três. — Um sorriso leve surge em seus lábios enquanto ele inclina a cabeça para mim por um momento e então volta a se concentrar na estrada. — Às vezes é mais fácil para alguém de fora perceber... que a água está quente.

Por alguns segundos, encaro seu rosto de lado e então engulo com dificuldade.

— Não estamos mais falando da Tânia e do Félix, estamos?

Com o sorriso ainda lá, ele rapidamente arqueia a sobrancelha e me lança um olhar carregado de significado.

É, eu fui o sapo na panela com a água sendo aquecida por toda a minha vida.

CAPÍTULO 6

Rafael

Quando chegamos a Eastbourne, um leve nervosismo toma conta de mim. Mantenho o olhar grudado na janela, observando a paisagem pitoresca do subúrbio passar. Aqui tudo é bonito e verde. Belas casas de família e seus enormes jardins permeiam a rua, e crianças se divertem de bicicleta nas calçadas.

O centro de Eastbourne, mais próximo ao litoral, é um pouco mais movimentado com seus prédios altos, mas nossa parada não é aqui e viramos à direita em direção aos arredores novamente. Uma brisa quente do mar acaricia meu nariz enquanto abro a janela. Acima de nós, gaivotas voam em círculo no céu.

Sebastian desacelera o carro num bairro aconchegante e estaciona em frente a uma casa branca encantadora, com venezianas de cor caramelo e uma porta de madeira. Tiro meus óculos de sol e coloco-os na mochila, enquanto ele joga o boné no banco de trás e ajeita o cabelo. Ele sai do carro primeiro. Levo um momento para me recompor antes de segui-lo.

Estico minhas costas e os ombros devido à longa viagem e dou um giro, absorvendo a beleza do lugar. O enorme jardim da frente se estende até os fundos da casa. Aparentemente não há cerca atrás dela, vejo um campinho que se estende até uma pequena floresta lá longe.

— Você cresceu aqui? — pergunto a Sebastian.

— Sim — responde enquanto tira a bolsa de viagem do porta-malas. — Morei num apartamento no centro da cidade por alguns anos depois que fiz vinte, mas voltei para cá há uns três anos e fiquei até me mudar para Londres no último inverno.

Pego minha mochila do chão do carro em frente

ao banco do passageiro e me pergunto como deve ter sido difícil para ele deixar um lugar tão encantador. Mas é claro que estou feliz que ele fez isso, senão nunca teríamos nos conhecido.

Sebastian joga a bolsa no ombro e faço o mesmo com minha mochila, fechando a porta do carro.

— Vamos — diz ele, com um sorriso no rosto, conforme passa pelo portãozinho da cerca branca rebaixada. Sigo, um tanto relutante. Um caminho de pedras nos leva do jardim até a casa. Passamos por um enorme cedro à esquerda. Vasos com flores multicoloridas enfeitam as janelas — um paraíso para as diversas borboletas que refletem a luz do sol como gotas de orvalho no amanhecer.

Estamos na metade do jardim quando a porta se abre. Engulo com dificuldade. Uma jovem mulher com cabelos pretos na altura do ombro e vestido azul-escuro de alças nos recepciona da soleira. Reconheço o rosto dela imediatamente da foto no celular de Sebastian. Só que na foto, ela segurava uma criança no colo.

— Oi, Bast! — comemora, abrindo os braços.

Sebastian larga a bolsa no chão.

— Venha aqui! — Ele a puxa para um abraço apertado, levantando-a dos dois degraus em frente à porta. Quando ele a coloca de pé, seu olhar radiante me encontra.

— Minha irmã, Cláudia — apresenta-me Sebastian e então me lança um sorriso largo e malicioso enquanto envolve meus ombros com um braço, em seguida olha novamente para ela. — Rafa, o gay.

Meu queixo cai. Jogo a cabeça para trás, esfrego as mãos no rosto e dou um leve gemido. Jesus Cristo!

Sebastian, aos risos, me solta e leva a bolsa para dentro da casa. Enquanto isso, respiro fundo e encaro nossa anfitriã. Ela estende a mão delicadamente, com um sorriso tão acolhedor e tranquilo que lembra o sol refletido nas asas das borboletas.

— Olá, Rafael. Não liga para o meu irmão. Ele nasceu idiota assim e ninguém teve a coragem de afogá-lo no mar.

— Para de reclamar! — A voz divertida de Sebastian ecoa pela casa. — Você teve várias chances quando éramos crianças, mas eu era o bebê mais fofo e você me amava demais para se livrar de mim.

Aos risos, Cláudia encolhe os ombros e franze o nariz.

— Isso é verdade — diz para mim em voz baixa, enquanto aperto sua mão. — Pode entrar. Tem um prato de sanduíches na cozinha. Como não sabia do que você gostava, fiz um monte.

— Obrigado — digo, seguindo-a pela casa banhada pelo sol. — Não precisava, de verdade. — O pequeno espaço atrás da porta é ocupado por um cabideiro e uma cômoda com um vazo de cristal em cima cheio de girassóis. Eles são todos amarelos, claramente, o que me faz lembrar das horas a fio brigando com Tânia por conta de céus verdes e girassóis roxos.

Seguimos para a área de convívio anexa à cozinha por uma parede com o grande arco. Todo o chão do térreo é coberto por um piso branco-amarelado, e as paredes brancas fazem o ambiente parecer ainda maior. Muitos retratos, pinturas e prateleiras pendurados nas paredes, uma leve brisa do mar sopra espalhando o perfume das diversas flores do jardim pelas janelas abertas.

Coloco minha mochila no chão, ao lado do sofá

cinza-azulado que parece ser o lar de toda a turma do *Ursinho Pooh* e alguns outros bichinhos de pelúcia, como um panda e uma tartaruga marinha translúcida. Daqui, sigo Cláudia até o próximo cômodo, onde Sebastian está encostado na ilha branca da cozinha. Ele já enfiou na boca o primeiro de uma pirâmide de sanduíches cortados em triângulo.

— Pode se servir — oferece novamente Cláudia. — Vou preparar o jantar esta noite.

Estou tão nervoso que a última coisa que quero fazer agora é comer, mas também não quero fazer desfeita. Pego um sanduíche de presunto e após a primeira mordida coloco-o num guardanapo verde-maçã que Cláudia me entrega.

— Cadê ela? — pergunta Sebastian com boca cheia, verificando o segundo arco na parede que parece levar até um corredor que se estende até os fundos da casa.

— Soneca pós-almoço. — Cláudia se vira para mim novamente. — Gostaria de algo para beber? Sebastian disse que você...

Ela é interrompida pelo irmão, que abre a

geladeira e joga uma lata de Sprite em minha direção. Por sorte, eu agarro com as duas mãos. Ele abre uma Coca para si e toma um gole.

— Você a colocou para dormir ao... — ele dá uma olhada no relógio de pulso — meio-dia? Não contou a ela que eu estava vindo?

Cláudia lança um olhar de repreensão e então tira um copo do armário da cozinha.

— Se eu contasse, ela ficaria esperando você na porta desde as seis da manhã. — Para mim, ela sorri ao colocar o copo ao lado do meu refrigerante. Não sei exatamente o que Sebastian contou para ela, mas ela obviamente não acha que sou o tipo de pessoa que bebe direto da lata. Novamente, para não ser mal educado, sorrio com gratidão. Bato no topo da lata para acalmar as bolhas do arremesso de Sebastian, mesmo assim o refrigerante borbulha quando abro a lata e despejo metade do líquido no copo.

Sebastian revira os olhos para mim por trás de sua irmã e toma outro gole de sua Coca.

— Quanto tempo dura uma soneca hoje em dia? — pergunta Sebastian, engolindo o resto do sanduíche de bacon.

Cláudia dá de ombros, mas então algo perto da entrada da sala de estar chama sua atenção. Seu rosto se ilumina com amor.

— Parece que hoje não tanto como de costume.

Sebastian e eu nos viramos ao mesmo tempo e encontramos uma garotinha vestindo um macacão branco com estampa de coelhinhos parada no arco. Ela segura um guaxinim de pelúcia contra o peito com suas mão pequeninas e, por trás da enorme chupeta que cobre metade do rosto, um sorriso acalentador faz suas bochechas rechonchudas se projetarem. Seus olhos azuis brilham de alegria.

— Ei, gatinha! — exclama Sebastian, correndo em direção a ela e a pegando no colo. Ela solta o guaxinim para deixar as mãos livres e envolve o pescoço dele com os braços, apertando com toda a força que uma princesinha consegue. — Também senti sua falta — sussurra ele em seu ouvido, acariciando os fios rebeldes de seus cabelos louros sedosos que brotam de sua cabeça.

— Essa é sua filha? — pergunto a Cláudia apenas para iniciar uma conversa, mas não consigo desviar o olhar da cena encantadora do outro lado do ambiente. Os dois são adoráveis juntos.

— Sim, Michele. Acabou de fazer dois anos há alguns meses.

— Bast canta? — grita Michele por trás da chupeta, com as mãos nas bochechas de Sebastian fazendo ele olhar diretamente para sua carinha feliz.

— O que, você quer cantar *agora*? — responde ele e se aproxima colocando a bebê na ilha da cozinha. Ela balança a cabeça com toda a esperança do mundo. Seus olhos, que parecem joias, não desgrudam dele nem por um segundo enquanto ele pega o celular no bolso, claramente em busca de uma música.

Sebastian me olha brevemente e sorri.

— Você vai gostar disso. — Ele então aperta o play no celular e aumenta o volume. — *Pow-wow* — sussurra junto da música assim que começa. Ele avança na garotinha como um lobo. Ela ri, curvando os ombros e abaixando a cabeça. Cinco notas de piano bem distintas revelam qual música do Bon Jovi é obviamente especial para Sebastian e sua sobrinha. *It's My Life.*

Michele tem bom gosto.

Sebastian canta a primeira linha da canção, então tira a menina do balcão e a ergue, colocando-a sentada em seus ombros. Segurando bem suas mãos ao lado do rosto, ele dança pela cozinha com ela, a gargalhada contagiante dela enche a casa.

Ele fica de joelhos, fazendo com que Michele tombe para trás. De soslaio, vejo Cláudia tapando a boca com as mãos em ansiedade, mas Sebastian sabe exatamente o que está fazendo. Tenho a impressão de que ele já fez isso muitas e muitas vezes com Michele no passado.

Após se endireitar novamente, ele se aproxima e olha nos meus olhos enquanto canta. Ele e a garota, em sincronia, fazem uma cara feia para acompanhar a letra da música. Com a mão de bebê de Michele segurando na dele, ele dá dois socos no ar no ritmo da batida grave.

Estou me apaixonando. Por uma garotinha... e seu tio.

Ele se afasta de mim e volta para o meio da cozinha, ambos cantando:

— *It's my life, it's now or never!* — No entanto, a cantoria de Michele mais parece a repetição de vogais aleatórias apenas.

Os dois se divertem, Sebastian girando e girando. A cabeça de Michele pende para trás, a chupeta no canto da boca porque ela não para de rir. Em algum momento, ela não consegue mais segurá-la no carrossel desenfreado e a chupeta voa pelo recinto, parando perto do meu pé. Eu a pego do chão, lavo na torneira e a deixo no balcão ao lado do meu sanduíche pela metade.

— Bast, não! — pede Cláudia, meio rindo, meio reclamando enquanto cobre os olhos. — Ela acabou de sair da cama.

Isso não parece incomodar nem o tio nem a sobrinha, porque Sebastian a tira dos ombros, primeiro a cabeça, e a segura acima do seu rosto, cantando para ela. Michele gargalha e tenta cantar sem se sufocar de tanto rir. Sem chance.

Eu não tenho irmãos, mas se pudesse ser tio de alguém, gostaria que fosse de uma criança divertida como Michele.

Incapaz de resistir, pego o telefone no bolso e tiro uma foto para a posteridade. Só percebo que estou cantando junto com eles, quando Sebastian se aproxima, gritando bem na minha cara. Com Michele de volta em seus ombros e segurando firme sua perna esquerda, ele pega o celular da minha mão, se posiciona atrás de mim e tira uma *selfie* de nós três entoando Bon Jovi.

Olho de relance para Cláudia e percebo que ela também segura o telefone em nossa direção. Ela parece contente, encarando a tela, provavelmente filmando a nossa performance.

Quando a música termina e todos guardam seus celulares, Sebastian desliza Michele de seus ombros e a coloca no balcão novamente.

— Quero que você conheça alguém — diz a ela, inclinando-se e apontando o dedo para mim. — Esse é o Rafa. Ele é meu amigo. Ele gostaria de dizer um oi para você.

Michele desvia o olhar enamorado do tio e vira a cabeça para mim, me notando verdadeiramente pela primeira vez. Então seus olhos ficam arregalados vagarosamente e ela fecha a boca, apagando do rosto seu sorriso. Meu coração para de bater por um momento com seu olhar e engulo com dificuldade. Não era essa a reação que eu esperava. Nem os outros dois na cozinha.

— Ei, garotinha, tudo bem? — pergunta Sebastian, suas sobrancelhas franzidas com um certo ceticismo.

A menina solta ele e traz suas mãos pequeninas até o peito, entrelaçando os dedos. Seus movimentos são lentos, como se seu corpo e sua mente estivessem em lugares diferentes.

— Não se preocupe, ela só é um pouco tímida com estranhos — diz Cláudia, mas pelo tom de voz ela não me parece totalmente convencida de que esse é mesmo o motivo para a reação da menina.

Michele não aparenta estar, de fato, com medo de mim. Poxa, não faço ideia do que ela aparenta *estar* sentindo, mas seu olhar é tão intenso que me deixa desconfortável.

Oferecer uma trégua parece ser o mais diplomático a ser feito para escapar dessa situação, então pego a chupeta que lavei anteriormente e entrego a ela. Em câmera lenta, Michele estende a mão e aceita, depois leva à boca, chupando-a. Seus olhos nunca deixam os meus.

— Michele? — Sebastian interrompe nosso

momento estranho. — Vamos mostrar o resto da casa para o Rafael?

Fico grato por ela concordar e estender seus bracinhos para ele pegá-la no colo. Ela pressiona a bochecha no peito dele enquanto ele a carrega, mas seu olhar está cravado em mim de maneira intimidante.

Segurando a menina com apenas um braço, Sebastian se inclina rapidamente e pega a bolsa de viagem do chão.

— Pega a sua mochila — diz ele para mim. — Nosso quarto é lá em cima.

Quarto. No singular. Ele disse que *nosso* quarto *é* lá em cima. Ele quis dizer apenas um? Gotas de suor começam a brotar na minha nuca. A casa parece enorme, é claro que eles têm um quarto de hóspedes. Ou posso simplesmente dormir no sofá.

Pego minha mochila e mantenho a boca calada e meu desconforto para mim mesmo por enquanto, já que Cláudia nos segue e até o fim do primeiro andar.

Um banheiro com ladrilho cor de pêssego, a suíte principal e o quarto de Michele estão no corredor atrás da cozinha. O quarto dela parece que saiu direto de um filme do Peter Pan, com um banco rosa acolchoado de frente para três janelas salientes, uma cama de criança bem aconchegante com lençóis floridos, um forte construído com blocos num canto e um zoológico de bichinhos de pelúcia em outro. As prateleiras e armários brancos criam um contraste com o carpete rosa fúcsia e guardam diversos livros ilustrados e demais brinquedos. Mas o que mais chama a minha atenção é o unicórnio de balanço no meio do quarto.

Cláudia pega Michele do colo de Sebastian e a carrega até o trocador no pé da cama.

— Vocês terminam o tour e eu arrumo a mocinha aqui enquanto isso — nos diz por cima do ombro. Quando ela põe Michele na mesa e abre o zíper nas costas do macacão, os olhos da menina permanecem grudados em mim. Parece que ela acha que vim de outro universo e que se ela desviar o olhar por um só momento, eu desapareço. Dou um breve aceno e me sinto um pouco mal por deixá-la para trás.

Sebastian me leva para o segundo andar e vamos direto para o quarto no fim do pequeno corredor. No caminho, ele rapidamente anuncia os outros cômodos.

— Banheiro. Escritório. Antigo quarto da Cláudia que agora é um depósito. — Ele então abre a porta do último quarto e me deixa entrar primeiro. — E esse é o meu canto.

Relutante, entro no quarto surpreendentemente juvenil. Um cheiro de roupa de cama limpa paira no ar, misturando-se com o cheiro de árvores no quintal. Cortinas azuis esvoaçam na janela aberta acima de uma mesa cinza claro adjacente à parede. À esquerda, uma cama queen-size está centralizada contra a parede.

Olho para o pôster de *Transformers* na porta do guarda-roupa e então me viro para Sebastian com um sorrisinho no rosto.

— Quando é que você se mudou daqui mesmo?

— Estava ocupado demais fodendo com os menininhos por aí para perder meu tempo com reformas e decoração. — Ele põe a língua para fora, um gesto imaturo que combina perfeitamente com o estilo do quarto.

Sento na cama dele rindo e continuo a analisar o espaço. A mochila desliza do meu ombro para o chão.

— Agora me pergunto como deve ser o seu apartamento em Londres.

— Seja bonzinho e eu te mostro quando voltarmos para casa amanhã.

Nossos olhares se cruzam. Um convite para a casa dele? O pensamento me faz sorrir.

— Vamos. — Ele sinaliza em direção a porta. — Vamos ver se as meninas já estão prontas.

Levanto-me da cama e saio do quarto antes dele, que fecha a porta atrás de nós.

— Sua sobrinha é realmente adorável. — Um sorriso toma conta do meu rosto. — Se você era um bebê tão fofo quanto ela, posso imaginar porque ninguém teve coragem de afogar você no mar.

Como troco, Sebastian belisca minha bunda. Forte. Por cima do ombro, dou um gemido brincalhão. No mesmo instante meus olhos se estreitam e paro imediatamente. Merda. Eu realmente acabei de gemer de prazer porque ele me apalpou?

Ao perceber meu incômodo imediato, uma leve carranca substitui o sorriso de Sebastian. Ele pega meu queixo e me faz olhar bem nos olhos dele. Tão perto que consigo ver as manchas escuras em sua íris castanha.

— Não pensa demais, Rafa. — Seu tom é de um comando suave. — Estamos aqui porque ninguém te conhece nessa cidade. Você pode, pela primeira vez na sua vida, ser quem você quiser sem temer o que os vizinhos vão dizer. — As linhas de preocupação em seu rosto somem novamente e sua mão desliza para a minha nuca. — Faça de Eastbourne o seu País das Maravilhas.

Eu pisco duas vezes enquanto absorvo suas palavras. Ele tem razão. O que quer que aconteça aqui não precisa afetar minha vida em Londres. Eu poderia... experimentar. Brincar. Explorar. Apenas ficar com Sebastian de uma maneira que tem me feito muito bem desde o comecinho.

Ele esfrega a ponta do nariz na minha bochecha e então geme em meu ouvido:

— E eu amo muito, muito, muito quando você se solta.

A verdade é que eu também amo.

Encarando seus olhos novamente, inspiro seu perfume caloroso. Então faço que sim com a cabeça.

Meu próprio País das Maravilhas, gosto dessa ideia.

Sebastian sorri e isso toca meu coração, porque sinto que ele está antecipando o que está por vir neste fim de semana. Sinto aquelas joaninhas na minha pele de novo e, dessa vez, umas borboletas no estômago também se juntam à festa.

CAPÍTULO 7

Rafael

Sebastian desce apressadamente as escadas e eu o sigo até o quarto de Michele. Enquanto estávamos no quarto dele, a criança sonolenta se transformou numa adorável princesa vestindo um vestido vermelho de alças. Sentada em seu trocador, ela espera pacientemente a mãe pentear suas madeixas lisas e cor de mel. Ela nos observa parados na porta com as mãos entrelaçadas em seu peito, ainda portando aquele olhar abismado em seus olhos de safira.

— Sinceramente, o que é que você fez com a

minha filha, Rafael? — diz Cláudia aos risos quando percebe que voltamos. — Pentear os cabelos costuma ser uma verdadeira tortura para ela. Nunca consigo terminar sem um chilique. Agora está assim, de bico calado e esperando terminar. — Ela põe a escova de lado e pega um lenço umedecido na mesa. Michele fecha os olhos enquanto Cláudia limpa seu rosto todinho.

— Ela quer ficar bonita para seu príncipe — provoca Sebastian.

Tenho dificuldade de desviar o olhar com a menina me olhando de maneira tão intensa.

—E ela está linda — digo, sorrindo e andando lentamente em sua direção.

— Estarei no jardim por um tempinho — informa-nos Sebastian e desaparece. Deve ter ido fumar enquanto a garota ainda está dentro de casa, imagino.

Cláudia calça o pé esquerdo de Michele com uma sandália branca. Pego o outro e afivelo a sandália em seu tornozelo.

— Onde está o pai dela? — pergunto à Cláudia, curioso porque ninguém disse nada a respeito de quando ele chegaria em casa.

Franzindo a testa, Cláudia coloca o macacão que Michele usara mais cedo no cesto de roupas.

— O pai dela está comendo uma professora de inglês na França agora — murmura ela de maneira que só eu ouça.

— Nossa! — Não consigo disfarçar meu constrangimento.

— Ele se mandou antes mesmo de Michele nascer. Ficamos juntos por apenas dois anos e, felizmente, não casamos. — Cláudia revira os olhos e ri amargamente. — Ele nunca viu a filha desde que ela nasceu.

Nossa, a situação é pior ainda. Como pode alguém não querer ver essa coisinha preciosa? Ou ser o pai dela? Já que o assunto claramente não é dos mais agradáveis para Cláudia, deixo para lá e aliso as franjas de Michele. Então, estendo minhas mãos cuidadosamente para pegá-la no colo, curioso e atento a sua reação.

Cada vez que Michele pisca, o sol reflete nessas duas bilhas azuis e fazem elas brilharem. Sem sorrisos nem gargalhadas, apenas um incrível olhar intenso. E então ela estica os braços para mim, aparentemente sinalizando que agora posso carregá-la.

Com os braços cruzados, Cláudia balança a cabeça rindo.

— Ela está totalmente enfeitiçada por você.

A recíproca é verdadeira. Pego a criança no colo, com cuidado. Quando seus grandes olhos estão perto dos meus, sorrio e digo:

— Oi. — Nenhuma palavra sai de sua boca. Ela apenas olha, pisca e respira. — Quer ir lá fora e procurar seu tio no jardim?

Ela concorda e é interessante perceber que ela ao menos reage às minhas perguntas. Quando a coloco no chão, ela segue na frente guiando o caminho, olhando para trás a cada três segundos para garantir que estou atrás dela.

Sebastian está encostado na enorme árvore do jardim da frente, dando a última tragada em seu cigarro. Assim que põe os olhos nele, Michele desce os degraus da fachada e sai correndo em sua direção. Enquanto sopra a fumaça pelo canto dos lábios, Sebastian se agacha, apaga o cigarro na grama e joga a bituca na rua. Agora ele está com as mãos livres para levantar a menina e colocá-la em seus ombros — o lugar preferido dela, certamente.

— Meninos, posso deixar a Michele com vocês um pouquinho? — pergunta Cláudia, da porta. — Tenho que lavar roupa e começar os preparativos para o jantar.

— Claro. Podemos levá-la ao parquinho? — responde Sebastian. — Quero mostrar a vizinhança para o Rafael.

Com o sinal verde de Cláudia, passamos pela pequena cerca e seguimos pela rua.

As casas do bairro são encantadoras, todas com um jardim bem cuidado e em diferentes cores: azul claro, amarelo, cor de pêssego, lilás. Quando viramos a esquina e olho para trás na direção delas, sinto como se estivéssemos parados no final de um arco-íris.

Três crianças brincam de esconde-esconde num dos jardins e, do outro lado da rua, um senhor de barba branca e sem camisa começa a aparar seu gramado.

Com o barulho, volto para a frente e sigo o

caminho para que Michele não se assuste com o som. Ela está com a bochecha encostada no topo da cabeça de Sebastian, os braços entrelaçados na testa dele, toda serelepe — olhando para mim. Acho que o cortador de grama sequer a incomode.

Ele segura as pernas dela com apenas uma mão e com a outra aponta para o outro lado da rua.

— Tive minha primeira briga de rua bem ali — diz, orgulhoso. — Eu devia ter uns oito anos.

— Uau — digo, rindo. — Meio cedo para começar a brigar — Nunca estive numa briga até hoje. — Qual foi o motivo?

Ele abaixa o braço conforme andamos vagarosamente, as costas da mão dele encostam na minha. — Uma garotinha que não podia andar sem auxílio vivia naquela casa. Havia algo de errado com as pernas, então ela tinha que usar umas talas nos joelhos. Uns moleques, dois ou três anos mais velhos que eu, sempre implicavam com ela quando passavam aqui voltando da escola.

Aperto meus olhos contra o sol.

— Você enfrentou dois de uma vez? — Meu olhar intrigado encontra seus olhos e, novamente, sinto sua mão encostando na minha. A carícia é mais devagar desta vez, como se não fosse inteiramente acidental.

— Isso aí. Eu nocauteei um com uma pedrada na testa e ataquei o outro. Nos engalfinhamos na calçada até que o Sr. Cooper, o pai da menina, saiu da casa e nos separou.

Sei que ele está andando deliberadamente mais perto agora porque nossos dedos estão separados por apenas um centímetro. Meu coração começa a bater acelerado com a ideia de que posso simplesmente pegar na mão dele. Eu *quero*. Cada célula do meu corpo quer. Mas, Deus do céu, como que eu faço isso?

— Mesmo que eu tenha levado a maior bronca da minha vida dos meus pais mais tarde — continua Sebastian, e sorri — valeu a pena. A partir daquele dia, nenhum dos dois implicou mais com ela. E eu virei o herói da garotinha.

Ele se tornou o meu herói também, em tantas formas. Ele me fez enxergar coisas a meu respeito. Entendê-las. Odiá-las. Amá-las. Ele não desistiu de mim, mesmo quando desisti de mim mesmo. E, de alguma forma, sinto que ele nunca irá.

Nossas peles se tocam novamente e minha garganta seca completamente. Quero gritar com ele por fazer isso comigo ao invés de só pegar na minha mão, já que é tão fácil para ele. Mas eu sei por que ele não o faz, por que ele quer que eu tome esse passo sozinho. Só que toda vez que acho que sou corajoso o suficiente, algo como um choque elétrico mantém meu braço paralisado e meus dedos formigando, implorando por um toque que não ouso arriscar. É tão frustrante.

Minha respiração está ofegante. Pular de um penhasco seria mais fácil.

— Você está analisando demais as coisas de novo, Rafa... — diz Sebastian com uma voz doce ao meu lado. Claro que ele ia perceber o meu pânico. Ele sempre percebe.

Fecho os olhos com a esperança de conseguir me recompor, de acalmar meu coração acelerado mesmo Sebastian não me dando razão alguma para temer. Queria ser corajoso como ele. Sei que é possível, ele me mostra o tempo todo que é.

Num dado momento, paro de me importar pela primeira vez com as merdas das convenções na minha vida e mexo meu dedo mindinho. Este é o meu País das Maravilhas, afinal de contas. Não é? Aqui, onde milagres acontecem.

Hesitante, acaricio o dedinho de Sebastian e, de soslaio, vejo um pequeno sorriso brotar em seu rosto. Prendo a respiração enquanto o tempo congela aqui, no final do arco-íris. Me sinto em queda-livre — não de um precipício, mas do próprio céu. É assustador para caralho, mas ainda assim emocionante. E eu sei que Sebastian não vai me deixar cair de cara no chão. Ele enrosca o dedo no meu e empurra meu coração montanha-russa abaixo.

É isso.

É assim que eu quero andar com ele.

É assim que eu quero ser.

Cautelosamente, estico também meu dedo indicador, achando o dele e enroscando os dois da mesma maneira, as costas das nossas mãos unidas. Parece que ele está me dizendo que nele está o meu lar, só por segurar minha mão. Não quero deixar o País das Maravilhas nunca mais.

— E o que aconteceu com a garota? — digo, depois de um tempo, quebrando o silêncio. Minha voz rouca por conta de todas as sensações que me invadem em ondas.

— A família dela se mudou alguns anos depois. Nunca mais a vi.

— Que triste isso.

— Nada, está tudo bem. O casal que se mudou para a casa depois deles tinha um filho. Peter, meu primeiro namorado.

Reviro os olhos e jogo a cabeça para trás, rindo.

— Mas é claro. O que mais ele poderia ser?

Sebastian sorri e encolhe um ombro, faz a perna de Michele tremer.

Cruzamos a rua e entramos na estrada que dá na praia que, de acordo com a placa, está a apenas quinhentos metros de distância.

— Sabe —, digo a ele quando estamos novamente na calçada. — Na verdade, eu estava esperando conhecer seus pais aqui.

Ele permanece calado por um tempo e então me olha.

— Meus pais são falecidos.

Ah. Uau. Não sei o que dizer.

— Está tudo bem, não precisa ficar mal — diz ele,

lançando aquele olhar sensível e insistente que ele me dá quando lê meus pensamentos. — Eles morreram há muitos anos.

Um homem de terno grafite vem em nossa direção, caminhando com seu golden retriever na coleira. Quero soltar a mão de Sebastian e dar um passo para o lado e deixar eles passarem, mas Sebastian não deixa meus dedos escaparem. Ele enrosca os dedos com mais força e me puxa para perto dele, como que deixando claro onde eu pertenço. Gosto disso.

O cachorro e o dono passam por nós pela beira da calçada e nenhum dos dois sequer olha para nós.

— Eu tinha apenas treze anos na época, Cláudia vinte e um — continua Sebastian, sem se sentir interrompido pelo cachorro e seu dono.

— Ela cuidou de você após a morte deles?

— Sim, ela meio que me criou como filho dela. — Ele começa a sorrir. — Então, o que quer que eu tenha me tornado, é culpa dela.

Lanço a ele um olhar de censura e ele ri.

— Não, ela fez um ótimo trabalho, de verdade. Ela é uma ótima irmã mais velha. E uma mãe melhor ainda. — E com essa deixa, ele solta minha mão e tira Michele dos ombros. Chegamos num parquinho charmoso, com o oceano sem fim como pano de fundo. Ele a coloca de pé, perto da entrada do parquinho e aponta para o escorregador de bebê.

— Ei, olha lá. O Roger também está aqui. Quer ir lá brincar com ele? — Aparentemente, Michele deve conhecer a criança de calça azul e cabelo tão claro que parece careca. Sebastian endireita a postura e então acena para uma mulher grávida sentada no banco do outro do parquinho. — Oi, Laura — grita. — Já sabe o que vai ser?

A mulher tira os olhos do livro que lê e sopra a franja do cabelo castanho da testa, saudando Sebastian com um sorriso. Então ela faz uma careta.

— Gêmeos! Não ligo se vão ser meninos ou meninas. Disseram que vou ganhar gêmeos, meu Deus! Estou lascada.

Sebastian franze o rosto em solidariedade, mas ri. Enquanto isso, vou para o banco perto do balanço e me sento, olhando em direção ao oceano. A última vez que vi o mar foi há dois anos, de férias em Tenerife com Tânia e Félix. Adoro o ritmo do som das ondas quebrando na costa.

Um outro som — de uma criança gemendo enquanto se esforça para subir no banco e sentar ao meu lado — tira minha atenção do horizonte. Surpreso, assisto Michele sentar-se ao meu lado, entrelaçando as mãos em cima da barriga e olhando calmamente para o oceano, como estava fazendo agora há pouco.

Parado a alguns metros de distância, Sebastian cruza os braços.

— É sério isso? — dispara perplexo, olhando para nós dois. — Estou começando a ficar com ciúme aqui.

— Não fique. — Eu rio e envolvo a garota com o braço. — Sou apenas o cara novo no pedaço, eles sempre são mais interessantes. Na verdade, ela só tem olhos para você.

Com um brilho maldoso nos olhos, Sebastian se aproxima, inclinando-se e agarra o encosto do banco atrás de mim, me prendendo. Com o rosto perto do meu, fala lentamente:

— E se eu não quis dizer dela?

Todo o meu corpo se arrepia. Gostaria de poder

pegá-lo pela nuca e trazê-lo para bem perto para um beijo e mostrar quem detém minha atenção por todo esse tempo. No entanto, mordo meu lábio inferior e pisco.

— Então você está com sorte — respondo, um tanto rouco. — Porque já tem um tempo que você está nos meus pensamentos vinte e quatro horas por dia.

Sebastian levanta as sobrancelhas para mim, esboçando um sorriso de canto de boca. Ele então se endireita e estende a mão para Michele.

— Se ela não quer brincar, então podemos ir.

Fico de pé e pego sua outra mão, levantando-a do banco junto de Sebastian. Caminhamos pela praia por um tempo, Michele entre nós, até que tomamos uma rota pelo centro da cidade até a casa deles. No caminho, Sebastian me mostra a faculdade onde estudou e compramos uma casquinha de morango para a menina. Na maioria das vezes, Sebastian tem que lamber o sorvete derretido na lateral da casquinha para que os dedos dela não fiquem melados, mesmo assim Michele fica contente com o que tem.

Em casa, colocamos ela no jardim e então Sebastian diz:

— Rápido. Corre lá dentro e peça a sua mamãe para lavar suas mãos.

Michele dispara numa corrida característica de criança que derrete o coração só de assistir.

Sem vontade de entrar, respiro fundo e absorvo a energia proporcionada pelos raios do sol nesta tarde. Sentindo-me muito feliz e relaxado pela primeira vez, vou em direção ao imponente cedro no jardim principal com galhos robustos brotando em todas as direções. Alguns deles são baixos o suficiente para serem alcançados sem precisar esticar os braços. Virado de costas para o tronco, me penduro em dois galhos e faço uma barra para ver se aguenta o meu peso.

Sebastian se aproxima e eu desço, deixando meus braços nos galhos.

— Cláudia e eu vivíamos trepando nesta árvore quando éramos criança — diz ele.

Virando a cabeça, consigo ver por quê.

— Essa árvore parece o paraíso de qualquer criança.

— E é mesmo.

Encaro Sebastian de novo. Agora, ele para bem em frente a mim e ergue os braços para posicionar as mãos por cima das minhas nos galhos. Sua voz fica mais suave, ainda que um tanto rouca quando ele acrescenta:

— Alguns até chamam de País das Maravilhas.

Engulo a seco.

A pressão sobre os meus dedos aumenta conforme ele se aproxima de mim. As mangas dobradas de seu moletom revelam seus antebraços firmes e musculosos.

— Então... — começa ele, a boca se aproximando cada vez mais da minha. — O que você vai fazer agora, Rafa?

Estou pendurado na árvore assim como fiquei preso à cabeceira da cama no meu quarto de jogos. Como naquele dia, não consigo escapar. Só que desta vez, eu não quero.

Prezo em seu olhar intenso, inspiro o perfume de sua pele banhada de sol. Os pontinhos pretos em seus olhos castanhos me hipnotizam, assim como seu sorriso quase imperceptível. De alguma forma, sei que daqui para frente, sempre que pensar em arco-íris terei a imagem deste exato momento em minha mente.

Ele empurra seu peitoral contra o meu, fazendo minhas costas encostarem no tronco. Minha respiração acelera automaticamente. Aposto que ele consegue sentir as batidas frenéticas do meu coração reverberando por sua caixa torácica. Meros centímetros nos separam. Também os nossos lábios. Ainda assim, é mais um rio revoltoso sobre o qual preciso construir uma ponte. Se eu apenas soubesse como. Porque quero atravessar para o outro lado... muito mesmo.

Minha pele é acariciada pela respiração de Sebastian, quando ele sussurra gentilmente:

— Lá vai você pensando muito de novo.

— Não estou.

— Então o que é que você está esperando?

Meu olhar recai sobre sua boca.

— Eu não sei.

Seus dedos deslizam por entre os meus nos galhos.

— Me beija, Rafael.

E então eu beijo.

Apenas um toque de lábios. Nem preciso me mover, pois ele já está aqui. Fecho os olhos e deixo minha boca ir até a dele novamente. Uma corrente de arrepios, como se fossem fogos de artifício, percorre todo o meu corpo. Cada centímetro de mim está vivo, alerta, tanto nos lugares onde ele me toca quanto nos lugares não tocados.

Sua língua dentro da minha boca me faz perder o equilíbrio. Suas mãos firmes sobre as minhas me mantêm no lugar, não permitindo que meu corpo lhe escape. Ele começa a circular minha língua com a dele, num excitante jogo de vai e vem, de prende e solta. Sob o gosto da última tragada de cigarro, sua boca revela a doçura do sorvete de morango, e Sebastian me deixa lamber até o fim. Lento, terno, ardente. Como eu bem quiser.

A sensação de finalmente poder beijá-lo me afeta profundamente. Queima, formiga e abraça meu âmago com um prazer inimaginável. A boca de Sebastian na minha tira o meu mundo do eixo e eu flutuo como se não pesasse uma só grama, ele é meu único ponto de gravidade.

No momento em que ele geme baixinho contra

meus lábios, percebo que cada beijo até este ponto da minha vida não foi nada comparado a este. Todos insignificantes. Uma brisa quase imperceptível se comparados com essa tormenta que Sebastian provoca dentro de mim. Com ele, consigo ter um gostinho do País das Maravilhas, e sei que nunca estarei satisfeito.

Ele retira sua mão direita de cima da minha e, gentilmente, retira os fios de cabelo que sempre caem sobre minha testa e meu olho esquerdo. Seus dedos deslizam para a minha nuca, o polegar repousado sobre meu maxilar conforme ele intensifica o beijo, me mantendo bem perto.

Minha mão livre solta do galho e então deslizo meu braço, envolvendo-o, segurando o capuz de seu moletom em suas costas. Afundando meus dedos no tecido, me agarro a ele com toda minha força e todo meu ser enquanto ele me beija sem parar.

Ele desliza a mão até minha cintura, me puxando com força para perto dele. Com os olhos fechados e a boca correspondendo cada beijo, silenciosamente imploro para que ele não me solte nunca mais.

E ele não solta.

Quando o beijo chega ao fim lentamente, deixando meus lábios querendo mais, seu braço ainda me envolve e ele encosta sua testa na minha. Ele tira minha mão do outro galho e então a vira, de maneira que nossas palmas se encostam e nossos dedos se entrelaçam.

Preciso de um momento para recuperar o fôlego até conseguir olhar para ele. Ele continua olhando fixo para mim, apenas alguns centímetros nos separando. Seus olhos brilham dando pistas de um sorriso que mal se forma em seus lábios.

Nunca imaginei que pudesse achar tão natural ser abraçado por um homem. E abraçá-lo de volta. Fecho os olhos novamente e saboreio a sensação de ter cada centímetro de seu corpo contra o meu. Meu coração bate acelerado, como se eu tivesse corrido uma maratona para chegar aqui. Talvez tenha mesmo. Para chegar em casa e encontrar o País das Maravilhas.

— Estou com tanto medo de que tudo vire fumaça no momento em que soltar você — sussurro no espaço que nos separa.

— Bem... — Sebastian aperta minha mão ainda

mais forte. — Então não solta — sussurra ele, e então toma meu lábio superior entre os seus para um último e carinhoso beijo. Quando seus braços deslizam das minhas costas, nossos dedos ainda estão entrelaçados e é desta forma que ele me tira da árvore e me leva em direção à casa.

Este é o próximo obstáculo que preciso enfrentar. Não ficaremos sozinhos lá dentro. Um tremor nervoso me rouba o ar. Uma coisa é contar a outras pessoas que sinto atração por homens. Outra bem diferente é encará-las com um homem em meus braços.

Só consigo imaginar que seria muito pior perder a sensação da mão de Sebastian segurando a minha. Portanto, sigo com ele até a cozinha onde Cláudia maneja um pedaço de massa na bancada.

Ela está coberta de farinha das mãos até o cotovelo, e ainda deixa um rastro em sua testa quando a esfrega com o braço. Ao voltar seu olhar para nós, pergunta:

— Gostaram do passeio? — Ela soa um pouco ofegante devido ao trabalho com a massa. Ela então avista nossas mãos entrelaçadas.

Por segundos a fio, não ouso me mover, nem mesmo quando Sebastian muda a mão que segura a minha e me abraça por trás. Sinto sua força em minhas costas, me dando suporte e, ainda assim, meus joelhos querem dobrar e ceder. A boca seca e a língua gruda no céu da boca. E o tempo todo, meu olhar ansioso está fixo no de Cláudia.

Com certeza não é difícil interpretar alguém que acabou de se transformar numa estátua aterrorizada no meio da sua cozinha — sem respiração, batimentos cardíacos etc. Seu olhar amigável não desvia do meu até que um sorriso caloroso surge em seu rosto e ela inclina a cabeça.

— Não seja tímido, Rafael. Você dois fazem um casal e tanto.

Como se ela tivesse virado uma chave dentro do meu peito com essas palavras, meus pulmões se expandem e eu consigo inalar ruidosamente um ar que solto lentamente pelo nariz. Sebastian começa a rir atrás de mim e Cláudia se une a ele. Não sinto muita vontade de rir no momento. Queria mesmo me inclinar sobre a ilha da cozinha e abraçá-la bem apertado.

O momento estranho é interrompido por uma garotinha num vestido vermelho, que vem pela porta segurando um livro quase do seu tamanho. Grato pela distração, me agacho e pego o... livro de colorir.

— Quer desenhar um pouquinho, princesa? — pergunto a ela, feliz por ter minha voz em sua potência total de volta.

Michele faz que sim e seu sorriso faz seus olhos brilharem como se estivessem inundados em raios de sol. Na capa, há o desenho de um unicórnio sob um arco-íris cheio de flores ao redor das patas do animal rosa. Ao que parece, alguém tentou pintar de rosa por cima das flores de jacinto, mesmo do lado de fora. Vejo que aqui está meu próximo desafio nesta casa.

Colorir com uma criança de dois anos.

CAPÍTULO 8

Sebastian

Para o jantar de hoje teremos pizza caseira. Enquanto Cláudia recheia a primeira com queijo, presunto e abacaxi, eu abro mais duas massas tentando deixá-las com a aparência de algo próximo a um disco.

— Então, ele está finalmente se abrindo para você? — pergunta minha irmã em voz baixa, porque Michele arrastou Rafa para a sala para colorir em seu livro.

— Ele tenta — murmuro enquanto jogo um punhado de queijo ralado na minha pizza e completo com salame e pepperoni. — Nunca vi ninguém lutar tanto contra, mas ele está se saindo muito bem. — Deixo escapar um sorriso. — Você tinha que ver o cuidado com o qual ele tocou os meus dedos mais cedo. De cortar o coração.

As mãos da minha irmã permanecem na bancada. Após alguns segundos, levanto minha cabeça porque seu olhar penetrante me deixa nervoso.

— O que foi?

Quando ela sorri, seus olhos possuem o calor de uma fogueira acesa numa noite de verão. Ela então sacode a cabeça e diz:

— Nada. Só que... você sabe o que o Rafael gosta na pizza dele?

Não era isso que ela pretendia dizer, e eu sei disso. Tenho certeza que ela tinha outra coisa em mente, mas não esquento. Principalmente porque com certeza é sobre mim e não sei se gosto de responder às suas perguntas.

— Não, mas podemos perguntar a ele. — Limpo as mãos no pano de prato, vou até o arco na parede e dou uma espiada na sala de estar.

Michele está sentada no sofá, as pernas arqueadas

de maneira que as solas de seus pés se encostam. Apoiado no braço esquerdo, Rafael está esparramado no que resta do sofá em forma de L, as pernas cruzadas para fora. Entre eles está o livro de colorir favorito de Michele, que dei de presente a ela no último natal. Juntos, os dois trabalham numa página pelo meio do livro.

Os dois estão tão concentrados que não sinto vontade de interrompê-los no momento. Em vez disso, encosto meu ombro numa lateral do arco e os observo. Quando Michele termina de colorir algo de azul-escuro, ela oferece o giz de cera para Rafa. Ele aceita sem se manifestar e o utiliza no lugar do amarelo com que coloria até então.

— Eles são tão fofos juntos. — Ouço o sussurro de Cláudia e me dou conta de que ela está ao meu lado no portal. — Michele está totalmente apaixonada por Rafa.

Cruzo os braços e suspiro fundo.

— E quem não ficaria? — Ainda sinto seu gosto em minha língua. Um pouquinho de Sprite e um tantão de Rafael, apenas. Seu gosto é sempre tão doce. Estou morrendo de vontade da minha próxima dose dele para me ajudar a passar a noite.

Um tinido baixo soa do bolso de Rafael, e ele pega o telefone com tanta cautela que Michele nem percebe. Ele lê, digita algo rapidamente e então tira uma foto do livro de colorir. Após enviar a foto para quem quer que tenha falado com ele, guarda o celular e continua com o giz de cera azul.

— Você pode pelo menos tentar não ir com tudo para cima dele para variar? — implora Cláudia, colocando a mão em meu braço. — Ele parece durão quando está sozinho, mas ao seu lado é quase como se fosse frágil.

Percebo que fui muito duro com ele nas últimas duas semanas, quando nem sempre precisava. E também não gostei de ter sido. Só que ele coloca tantas barreiras, que eu não sei de que outra forma conseguiria quebrá-las.

Hoje ultrapassamos uma gigantesca. Ele baixou a guarda, totalmente. E por conta própria, também.

— Eu precisava usar um pouquinho de força para derrubar as paredes dele — explico à minha irmã, ainda sussurrando como se fosse de madrugada e não quiséssemos acordar ninguém da casa. — Mas a partir de agora serei gentil.

Com um breve olhar de soslaio, vejo sua expressão contente. É óbvio que ela gosta dele, e não só porque sua filha está completamente apaixonada por ele. Ou eu...

Prestes a voltar para a cozinha, ela para novamente, o olhar preso no sofá. Michele para de colorir e larga o giz de cera. Rafael não percebe, pois está concentrado na página. Mais uma vez, a bonequinha repousa as mãos sobre o peito, totalmente imóvel enquanto o encara. Não a via tão quieta assim desde o dia que ela ganhou o unicórnio de balanço e não desceu do negócio por quase três dias inteiros.

De repente, ela estica seus bracinhos e passa os dedos pela mecha de cabelo louro platinado que cai sobre a testa de Rafael. Surpreso, ele olha para cima, direto nos olhos dela. Nenhum dos dois se move ou diz qualquer coisa por um momento imperscrutável. Até que Michele o acaricia de novo e então inclina todo seu tronco para encostar a cabeça na dele, fechando os olhos.

Com o flash do celular de Cláudia, capturando o

momento, Rafael, incapaz de mover-se, apenas lança seu olhar em nossa direção.

Devolvo com um sorriso do outro da sala.

— Ela acha que você é um unicórnio.

Indefeso, ele apenas arqueia as sobrancelhas. *Que garoto gostoso*! Cláudia tira outra foto enquanto ele acaricia a bochecha de Michele e a beija na testa. Em seguida, ela me arrasta de volta para cozinha para terminar o jantar.

O último disco de massa possui apenas molho de tomate queijo. Grito por cima do ombro:

— Ei, Islândia! O que você quer na sua pizza?

— Pode colocar qualquer coisa — responde ele, e então sua voz vem de muito mais perto. — Só não coloca atum, por favor. — Com Michele no colo, ele vem até a cozinha e para ao meu lado, examinando os potes com as diversas opções de cobertura. — Nem milho — acrescenta ele, com uma careta.

Coloco um monte de coisas em sua pizza: presunto, salame, pimenta, alguns pedaços de abacaxi e, depois que ele rouba uma azeitona preta de um dos potes e manda para dentro, um punhado disso também. Cláudia leva as três pizzas ao forno, empilhadas em assadeiras, e depois arruma a mesa com quatro pratos e os talheres.

Não demora muito para o jantar começar a perfumar toda a casa. Enquanto tiramos a comida do forno, Rafael coloca Michele em sua cadeirinha na cabeceira da mesa e senta ao seu lado, onde costumo sentar. Colocamos as pizzas nos pratos de cada um e me sento ao lado de Rafa, enquanto Cláudia toma o assento em frente a ele em seu lugar de sempre.

Limpo a lata de Sprite que peguei na geladeira com a bainha do meu moletom e a abro para Rafael. Sem copo desta vez. Para acompanhar o jantar, tomo uma Coca. Corto a pizza em oito fatias, pego uma e levanto-a acima do rosto para deixar o queijo escorrer na minha boca antes que eu morda a ponta.

Rafael me observa, inseguro. Sei que ele provavelmente gostaria de comer sua pizza do mesmo jeito agora, mas após dar uma olhada em minha irmã que, delicadamente, corta uma fatia de sua pizza em pedacinhos pequenos para Michele, ele também pega o garfo e a faca.

— Ah, não. Fala sério, floquinho! Pode parar! — Às gargalhadas, me viro para ele e, com minha mão livre, pego na sua fazendo-o largar o garfo. Então, levo minha própria fatia de pizza até sua boca e ele dá uma mordida porque não tem escolha. Enquanto ele mastiga, o puxo pela nuca e dou um beijinho rápido em seus lábios fechados. — É assim que se come pizza nesta casa.

Imediatamente, ele lança um olhar desconfortável para Cláudia — pelo beijo ou por comer com a mão, não tenho certeza. Ele relaxa um pouco quando ela não lhe dá um sermão por nenhum dos dois e apenas lhe oferece um sorriso reconfortante, enquanto morde a ponta de sua própria fatia de pizza.

— Viu? — digo, rindo. — Está tudo bem.

Bem, quase. Cláudia termina de cortar o jantar de Michele e oferece a ela um pedacinho de pizza com queijo, que segura entre o polegar e indicador. A bebezinha fecha a boca e afasta a cabeça. Minha irmã e eu a encaramos com um espanto compartilhado. Ela *nunca* recusou pizza antes.

— O que foi, docinho? — pergunta Cláudia. — Só tem queijo, nada mais. Você gosta de pizza de queijo. — Ela tenta de novo, mas dessa vez a pequenina fecha os olhos e afasta a cabeça tão longe quanto a cadeira permite para provar seu ponto.

Seria muito mais fácil entendê-la se ela dissesse alguma coisa, porque ela *sabe* falar. Ela só está muda desde que colocou os olhos em Rafael, e eles estão em formato de coração desde então. Mesmo agora, ela o admira com um olhar esperançoso e totalmente apaixonado.

— Alguém quer a sua pizza — implico com Rafael e enfio o resto da minha fatia na boca, pegando a próxima do prato.

Ainda não inteiramente convencido, ele se inclina e pergunta a ela:

— Você está com fome?

Michele faz que sim, e seu sorriso tímido ilumina o ambiente.

Quando ele olha para o outro lado da mesa, suponho que Rafa está pensando em pegar um pedaço preparado para Michele do prato de Cláudia. Mas ele — assim como todos nós — é mais esperto que isso. Em vez disso, tira a cobertura de sua própria fatia com o dedo e então corta um pedacinho, oferecendo-o para Michele. Com as mãos cruzadas de maneira primorosa, ela se inclina e abre a boca, aceitando com gratidão a comida que ele oferece.

Cláudia balança a cabeça e nós dois rimos deles, e então voltamos a comer nossa própria comida.

— Cuidado, floquinho de neve, senão ela te leva para a cama dela como um coelhinho de pelúcia e nunca mais te deixa sair dessa cidade — digo.

Após dar a ela mais uma mordida, ele se vira para mim com um sorriso.

— Está com ciúme, *Bast*?

Estendo minha fatia de pizza para ele novamente, e ele se inclina para dar uma mordida, sem nem pensar.

Com ciúmes?

Não.

Feliz por tê-lo trazido ao País das Maravilhas?

Absolutamente.

Continuamos sentados à mesa um bom tempo depois do jantar porque toda irmã mais velha fica curiosa com a pessoa que está se envolvendo com seu irmão, então Cláudia começa a interrogar Rafa. Felizmente, a respeito de sua ancestralidade e seu estudos de arquitetura e não sobre suas preferências no quarto de jogos. Uma noite divertida e aconchegante. Rimos muito e, logo, Michele deixa claro que está na hora de sentar no colo do unicórnio ao invés de simplesmente admirá-lo à distância.

Quando escurece, deixo os outros por um momento e saio para fumar. Houve um tempo em que tragava um maço inteiro em vinte e quatro horas, mas nos últimos meses tenho diminuído meu consumo para apenas quatro ou cinco cigarros por dia.

Sento-me no degrau da frente da casa, os braços apoiados no joelho dobrado, assistindo a ponta do cigarro brilhando no escuro. Um clique quase inaudível e uma luz no chão à minha frente me dizem que alguém está saindo da casa. A porta volta a fechar silenciosamente e a luz some. Como a pessoa não aparece, viro minha cabeça ligeiramente, encostando a boca em meu ombro.

Outro momento se passa até que pernas compridas envoltas num jeans passam por mim na escuridão. Não encaro Rafael imediatamente. Espero até ele parar em frente a mim. Lentamente, viro a cabeça para frente, dou uma longa tragada no cigarro e solto uma nuvem de fumaça, olhando para ele.

— Ela finalmente te soltou? — pergunto com um sorriso tranquilo.

Rafael enfia as mãos nos bolsos.

— Cláudia está dando um banho nela, mas Michele quer que seu tio Bast leia uma historinha no livro para ela antes de dormir.

Aceno e provoco ele:

— Por quê? Será que ela acha que o recém-adotado tio Rafa não sabe ler?

— Tio Rafa, claro. Mas unicórnios... aparentemente não. — Ele ri baixinho. Um som que me aquece por dentro. Gosto de ter esses momentos espontâneos com ele.

Através da fumaça que sai do cigarro entre nós, me embriago na visão de seu corpo sob o luar. Há momentos em que não acredito que ele finalmente está aqui, comigo. Ao olhar para trás, vejo que as últimas duas semanas foram como um passeio desgovernado numa montanha-russa. Rafael é um floco de neve, que cai lentamente, repousa suavemente em sua pele e, antes que você perceba, desaparece novamente.

Nem sei se sou capaz de dizer quando a atração inicial se transformou em necessidade real. Talvez o momento na cafeteria há uma semana, quando ele me disse que não gostava de pessoas não pontuais, seja um bom palpite. Seus toques tímidos mais tarde naquele dia foram a minha ruína. E, mesmo agora, eu adoro trocar mensagens de texto com ele.

A única coisa que nada disso supera é o beijo que demos hoje cedo. Já fiquei com uma variedade de pessoas, meninos e meninas, desde a minha adolescência. Mas em todo esse tempo, nada abalou minhas estruturas tanto quanto o momento em que Rafael finalmente baixou sua guarda. Quando ele abriu os braços para me envolver com uma necessidade acanhada. Essa será para sempre a minha derrocada.

Depois de beijar um anjo, é difícil imaginar querer qualquer outra coisa em sua vida.

Dou uma última tragada no Marlboro, apago-o, e o atiro pela cerca do jardim. Sopro uma nuvem densa de fumaça, estico as mãos até a parte traseira de suas coxas e o puxo para perto, abrindo minhas pernas para que ele possa ficar entre elas.

Hmm, talvez não tenha sido uma boa ideia. Sua virilha na altura dos olhos faz brotarem imagens perigosas em minha mente. Michele e Cláudia estão ocupadas no banheiro, não devem sair por pelo menos meia hora, com certeza. Deixo minhas mãos passearem da parte de trás das coxas de Rafa até pararem sua bunda firme.

Ele deixa escapar uma risada incrédula e estala as mãos nas minhas, tirando-as dali com mais força do que eu já o vi usar.

— Nem ouse *pensar* nisso, Rhyse.

Merda, adoro quando ele banca o dominador. Como se isso não fosse difícil o suficiente.

Assim que me levanto dos degraus, a risada de Rafael cessa e ele bate em retirada pelo gramado. Tenho quase certeza que ele quer que eu o siga. Com um rosnado baixinho, rondo ele como se fosse minha presa e ele se vê encurralado contra a árvore.

Ele abre um sorriso brincalhão.

— Você não ousaria — adverte.

Nossa, como ele me julga mal. Quando chegamos ao País das Maravilhas, pego seus pulsos e os prendo com minhas mãos atrás de suas costas, nossos olhares fixos um no outro.

— E como é que você pretende me parar?

Rafael ri. Um som tão lindo.

— Vou gritar. Tem uma garota naquela casa que me ama. Ela virá em meu socorro.

Afrouxo minha pegada em seus pulsos, deslizo minhas mãos para entrelaçar nossos dedos e digo contra os seus lábios:

— Você não quer ser socorrido. — Então, tomo para mim sua boca num beijo profundo que o joga novamente contra o tronco da árvore.

A língua de Rafael parece neve de inverno da minha. Poderia beijá-lo assim a noite toda. E mais...

Abandono sua boca e inicio um caminho de mordidas até seu pescoço, apreciando os gemidos suplicantes que ele deixa escapar. Ele quer que eu pare, ao mesmo tempo que não. Levo minhas mãos até acima de sua bunda, deslizando por baixo de sua camisa de hóquei e acariciando sua pele até a parte da frente. Mas quando meus dedos engancham no cós de sua calça jeans, ele agarra o galho acima de sua cabeça e se puxa rapidamente para fora do meu alcance.

Com a cabeça inclinada para trás, observo-o escalando e aviso baixinho:

— Um boquete na árvore é difícil, mas não impossível.

Rafael ri enquanto se acomoda num galho mais resistente, deixando uma perna balançando.

— Deixa de ser mente suja e sobe aqui.

Subo no primeiro galho da árvore, sigo seu caminho e sento num galho a seu lado, apoiando minhas costas no tronco do mesmo jeito que ele. Daqui temos uma vista perfeita da lua e das milhões de estrelas no céu escuro. Faz anos que não subo aqui. É bom estar de volta.

Com uma perna dobrada, o pé apoiado no galho, Rafael entrelaça os dedos sobre a barriga e, como se sonhasse acordado, encara o vazio. Observo-o por vários minutos, memorizando cada detalhe de seu rosto e gravando este momento em minha memória. Só quando tenho certeza que nunca vou esquecer essa imagem dele aqui na árvore, pergunto calmamente:

— Pensando no quê?

Mais um momento passa até que ele vira o rosto

para mim e pisca devagar.

— Em muitas coisas... sobre nós dois.

Seu olhar ansioso queima em mim como um cigarro por um pedaço de pergaminho. Após algum tempo, engulo com dificuldade e estendo a mão para ele. Meio relutante, Rafael coloca a mão sobre a minha e fecho meus dedos entre os deles, bem apertado. Há um sorriso praticamente imperceptível em seus lábios, mas a expressão está mais aparente em seus olhos azuis. Ele aperta, também, então volta seu olhar novamente para a lua e as estrelas. Nós dois o fazemos.

Juntos.

CAPÍTULO 9

Rafael

Sebastian desceu da árvore e entrou há alguns minutos, depois que Michele apareceu na porta segurando o livro de historinhas que ela queria que ele lesse.

Ainda admirando o céu estrelado, tento analisar meus próprios pensamentos. Desde o dia em que Sebastian entrou na minha vida, ele causou uma reviravolta nos meus sentimentos. E ainda causa. Ele quebra os meus muros com tanta determinação que não consigo nem catar os tijolos rápido o suficiente para reconstruí-los. E aqui estou eu com um monte de tijolos nos braços, sem a menor noção do que fazer com eles. Respiro fundo e solto o ar enquanto meu eu imaginário deixa eles caírem no chão. Que bagunça.

Uma bela, assustadora e excitante bagunça.

Me pergunto se o carrossel desgovernado em que me encontro por estar me dando conta de que estou me apaixonando por um homem algum dia vai parar, ou ao menos se transformar em algo que pareça minimamente normal.

Neste momento, me deixa sem fôlego.

Fecho os olhos por um minuto, reprisando na minha cabeça os eventos de hoje uma última vez. Foi um dia maravilhoso e eu gostaria que não tivesse que acabar.

De todo modo, ainda me restam algumas horas. Embora esteja um tanto nervoso a respeito do que a noite com Sebastian reserva, um sorriso brota em meus lábios.

Desço da árvore e entro, seguindo a voz de Sebastian até os fundos da casa. Deitado na cama de Michele, ele segura um livro nas mãos enquanto ela deita relaxada em seu peito.

Com as mãos nos bolsos, me encosto no batente da porta e ouço a história da fuga de Pinóquio de sua casa. Michele logo me vê, permanecendo encostada em Sebastian, sua mãozinha agarrada ao moletom preto dele. No entanto, seus olhos ficam grudados nos meus por vários minutos. Até que suas pálpebras começam a baixar lentamente, e o movimento contínuo da chupeta também dá lugar a um ou outro de vez em quando.

Por fim, vou até a cama, me agacho e dou um beijo em sua testa.

— Durma bem, princesinha. — Acaricio seu cabelo, ainda úmido por causa do banho, e depois me endireito, olhando diretamente para Sebastian. — Vou tomar um banho.

Ele assente, e eu deixo os dois sozinhos para quem possam terminar sua história de ninar.

Cláudia está sentada com seu laptop na sala de estar e eu lhe desejo boa noite, também, antes de subir as escadas e me dirigir ao quarto de Sebastian para pegar minha mochila.

O banheiro não é tão grande quanto o lá de baixo,

e também não possui banheira, mas é um ambiente leve e aconchegante com seus ladrilhos brancos e armários feitos de madeira de vidoeiro. Tiro a roupa e entro no box, usando meu gel para banho para me ensaboar. A água quente faz milagres ao me renovar depois que meus membros ficaram um tanto rígidos na árvore. Como Sebastian está ocupado com a bebê, não preciso ter pressa, mas também não quero acabar com a água quente da casa, então fico uns dez minutos. Após terminar de me secar, penduro a toalha usada no suporte e então coloco uma boxer limpinha e minha calça jeans.

Descalço, volto para o quarto de Sebastian e paro subitamente na porta, surpreso quando vejo o pequeno abajur em cima da cômoda aceso e Sebastian esparramado na cama. Com o travesseiro encostado na cabeceira, ele está com um braço dobrado atrás da cabeça e suas longas pernas esticadas e cruzadas. Seus olhos me seguem pelo quarto quando fecho a porta e ponho minha mochila na mesa. Achei que teria alguns minutos sozinho após o banho. Perceber que não terei, faz meu coração acelerar em pânico. Quando me viro para a cama, Sebastian coloca a mão livre sob o espaço vazio ao seu lado na cama, como um convite. Plantado no mesmo lugar, engulo com dificuldade.

— Com medo? — pergunta gentilmente, sem que seu rosto ao menos sugira o que se passa em sua cabeça. Começo a mastigar meu lábio inferior, o que arranca um sorriso dele. — O quarto das garotinhas é lá embaixo.

— Ha. Ha. — Me dirijo até o lado vazio da cama, revirando os olhos, e afundo ao seu lado, fazendo o colchão balançar. Assim como ele, me encosto na cabeceira, mas com os braços cruzados sobre meu peito nu.

— Não precisa ter medo. Não vou te morder. Prometo — provoca Sebastian com um brilho sinistro em seu olhar. — A não ser que você queira — diz lentamente, arqueando as sobrancelhas.

Com um tom sínico na voz, retruco:

— Não, obrigado. Minha bunda ainda está com as marcas de sua mordidas do fim de semana passado.

— Ah, fala sério. Aquilo foi só uma mordidinha. — Abruptamente, ele se inclina, me assuntando quando põe a mão no meu pescoço e me puxando para perto. — E eu sei que você gostou. — Sua boca e sua língua encostam na minha orelha tão inesperadamente que fico arrepiado da cabeça aos pés.

Abaixo o queixo, rindo, como um reflexo para fugir da sensação.

— O que foi...? — diz ele com um tom jocoso e os olhos estreitos conforme se afasta. — Tímido de novo?

Um calor instantâneo surge em minhas bochechas, mas cessa tão rápido quanto começou. Não estou, de verdade. Ok, talvez eu esteja um pouco.

— Se você ainda está com tanto medo de tocar um homem — implica Sebastian, esticando o braço para alcançar a gaveta da cômoda do seu lado da cama — você pode desenhar seu próprio mapa para passear por mim. — Quando ele traz um marcador preto e ri na minha cara, levantando o moletom e expondo sua barriga sarada, eu caio na gargalhada.

— Você sabe que tem um parafuso solto, não é?

Ele continua sorrindo e abaixa a mão, mas eu arranco a caneta da mão dele antes que ele a guarde.

— Me dá isso aqui — digo, e me viro para o lado

dele, jogando uma perna por cima dele para escanchar suas pernas. Com os olhos arregalados, ele me encara quando subo seu moletom até o peito, tiro a tampa da caneta com a boca e cuspo no meu travesseiro. Até que é uma sensação agradável virar o jogo de vez em quando e surpreendê-lo. Agora vejo porque ele gosta tanto de me deixar sem palavras.

— Segura isso — ordeno, e, meio relutante, ele substitui minha mão em seu moletom. Com a mão livre, apoio meu antebraço no colchão e me aproximo de minha tela humana. Começo a usar o marcador em sua pele, bem onde suas tatuagens maori terminam no seu peitoral. Ao primeiro movimento da ponta de feltro no vinco entre seus músculos, sua barriga estremece. Sebastian respira fundo.

— Faz cócegas, é? — debocho, encarando-o.

Ele ainda está calado, enquanto seus olhos estão fixos nos meus com curiosidade. Desenho um padrão que dá continuidade perfeitamente ao desenho em seu peitoral. Espirais grossas em direções opostas, triângulos listrados, uma hélice dupla. Quando percebo que estou realmente gostando de desenhar em sua pele, mudo de posição para ficar mais confortável, prendendo sua perna direita debaixo da minha coxa. Ele dobra a outra, fazendo uma sombra sobre minha tela. Odeio desenhar no escuro, então empurro a perna para o lado, causando um resmungo baixo de Sebastian. É sexy para caramba, mas me recuso a ceder ao desejo de olhar para ele novamente. Ao invés disso, apenas mordo meu lábio.

Tão perto de seu corpo, percebo como seu peito sobe um pouco mais rápido no começo de cada respiração. Vejo também quando relaxa conforme o tempo passa. Mas a sensação de seu olhar intenso me perfurando nunca se esvai.

Há algumas coisas sobre ele que venho me perguntando há algum tempo e, como estamos sozinhos e com bastante tempo, aproveito e arrisco perguntar.

— Você sempre soube que gostava meninos e não só de meninas?

Seus músculos se contraem por um momento quando ele limpa a garganta.

— Eu percebi bem cedo. Por volta dos onze ou doze, eu acho. Mas não contei a ninguém até os dezesseis.

— Foi quando seu vizinho da esquina se tornou seu namorado?

— Peter. Uhum. Embora não tenhamos ficado tanto tempo juntos.

Olho rapidamente para cima. Não preciso nem fazer a próxima pergunta em voz alta, ele apenas responde.

— Dois meses e três dias. — E então ri. — Me trocou por um garoto mais velho na escola.

Volto meu foco para a ponta da caneta e murmuro:

— Quanto tempo durou seu relacionamento mais longo?

— Com garoto ou garota?

Faço um movimento de indiferença com um ombro, embora eu queira mesmo ouvir os detalhes sobre os relacionamentos dele com outros caras.

Um suspiro achata seu peito.

— Depois do Peter, eu só tive algumas namoradas na escola. E uma na faculdade. Nada muito sério. Só durávamos algumas poucas semanas porque nunca era realmente satisfatório.

— Satisfatório...? — murmuro.

— Sim. — Um sorriso relaxado ressoa em sua voz agora. — Eu logo percebi que eu meio que gostava de ficar com garotas, mas a verdadeira emoção vinha com os garotos somente. — Há uma pequena pausa até que ele volte a ficar sério. — Acho que você consegue se relacionar... certo?

Minha garganta seca e minha nuca começa a ficar arrepiada com uma onda de calor traiçoeira. Nem ouso concordar, mas acho que meu silêncio é resposta suficiente para ele.

— Quanto tempo durou *seu* relacionamento mais longo com uma garota? — Ele vira a mesa para mim, soando bastante curioso, porém hesitante.

Minha resposta é curta e honesta:

— Eu não tenho relacionamentos.

Isso põe um fim à conversa sobre meninos e meninas, ficar e namorar. Por um longo tempo, só ouço o som de nossas respirações. É muito desconfortável.

Então... e os *Transformers*? — digo, quebrando o silêncio após um tempo, com minha pergunta totalmente aleatória, lembrando o pôster em seu guarda-roupa.

— Todo mundo tem seus momentos de fraqueza — diz ele, com um sorriso despreocupado. Acho que ele também está feliz com o novo assunto.

— Qual deles era o seu favorito?

— *Bumblebee* — diz ele, e então nós dois rimos, soltando simultaneamente:

— É claro.

De acordo com seu filme favorito, desenho uma fileira de sete barras pretas a seguir, cada uma com um centímetro de largura e a mesma quantidade de pele intocada entre elas. Um desenho especial de abelha.

Quando fico sem ideias para o que fazer em seguida, começo a desenhar uma versão muito celta da letra S que se une à barra da letra R. Quando seus dedos de repente encostam na minha testa, colocando calmamente meu cabelo de lado, tomo um susto tão grande que minha mão treme em sua barriga. Arrependido, percebo que o borrão estragou o desenho perfeito.

— Isso é um marcador permanente, não vai dar para apagar pelos próximos cinco dias ou mais...

A julgar pelo seu olhar culpado, não acho que ele

pretendia me interromper.

— Não me importo — diz quietamente. Quando ele arrasta o polegar até a ponte do meu nariz e então pela maçã do rosto abaixo do meu olho esquerdo, eu esqueço completamente o meu lamento. Droga. Será que ele está tentando me distrair?

Seus dedos são tão mais macios do que o resto dele parece ser. Baixando as pálpebras, tento traçar seus movimentos com os olhos, mas no fim, acabo voltando a encarar seu rosto. O ar começa a esquentar entre nós e, de repente, tudo que vejo diante de mim são os seus lábios exuberantes. Lábios que quero beijar.

Mas não beijo. Ainda não acabei com ele.

Com os lábios pressionados como se o repreendesse, tiro sua mão do meu rosto com cuidado.

— Não se deve perturbar um artista enquanto ele trabalha — advirto-o, sabendo muito bem que estou ganhando tempo. E ele provavelmente sabe, também. Mas eu não ligo.

De vez em quando, tenho que descer alguns centímetros para continuar desenhando. Meu braço direito está em sua virilha porque não há nenhum outro lugar para colocá-lo e obter um ângulo decente. Logo, um volume começa a se formar nos shorts de Sebastian. Tento ignorar, concentrando-me em minha obra de arte. Desenho uma versão demasiado abstrata de uma tartaruga marinha, cercada por ondas do mar.

— Para quem você mandou a foto do livro de colorir mais cedo? — pergunta Sebastian depois de um tempo, quando o silêncio volta a dominar o quarto. Sua voz soa muito mais rouca do que há cinco minutos.

— Tânia — digo a ele, olhando em seu rosto. Ele está com a cabeça enfiada no travesseiro, mordendo o lábio inferior. Parece que alguém está tentando manter o controle. Movo meu braço um pouco mais para baixo, de modo que meu pulso fica bem em cima de seu pau. Ele fecha os olhos. E eu sorrio. — Ela ficará orgulhosa de mim. Pintei um esquilo de azul hoje. — digo, bem ciente de sua dor enquanto continuo desenhando.

A distinta tatuagem maori percorre um caminho de doze centímetros desde o lado direito de seu peitoral, atravessando a barriga, bem acima do umbigo. O cós de seus shorts me impedem de continuar, então eu os abaixo só um pouquinho para continuar a fileira de diamantes que funciona como uma moldura para o desenho.

Sua respiração torna-se irregular novamente.

— Rafael... — sussurra ele.

— Hã?

Aquilo dentro da cueca dele, duro como está, realmente deve dor. Lembro-me de uma noite que me senti praticamente igual, sendo proibido de gozar. Com um sorriso de escárnio, me inclino mais ainda, agora repousando minha coxa no mesmo lugar onde meu pulso estava há poucos minutos, e começo a preencher o espaço vazio embaixo de seu coração, usando muita tinta desta vez.

Ele solta uma risada profunda.

— Você está fazendo isso para se vingar, não é?

— Ah, pode apostar. De tantas coisas... — falo com desdém, deixando linhas de pele intocadas que parecem flashes de luz em meio a escuridão da noite. Ou como os galhos de uma árvore, com uma lua crescente no mundo...

Após conectar o novo desenho com os outros numa espécie de forma de Y, eu fico com pena dele e tampo o marcador. Provavelmente com medo de que eu mude de ideia, Sebastian segura meu pulso com uma mão e tira a caneta da minha mão com outra. Devagar, quase carinhosamente. Ele a coloca na cômoda ao lado da cama e então segura meu queixo, me fazendo olhar diretamente em seus olhos flamejantes.

Claramente, já deu de desenho pela noite.

CAPÍTULO 10

Rafael

Uma atmosfera de calor invade o quarto, fazendo arrepiar a pele descoberta da parte superior do meu corpo. Os arrepios são profundos, centralizando-se na minha barriga. Lentamente, saio da posição que fiquei na última hora, esparramado no colchão por cima das pernas de Sebastian. Com sua mão no meu queixo, ele me direciona para onde me quer. Bem em cima dele. Apenas seu olhar segue meus movimentos, seu corpo permanece totalmente imóvel.

Com um joelho entre suas coxas e o outro ao lado

de seu quadril, me apoio com as mãos na extremidade de cada ombro e simplesmente encaro seus olhos castanhos cintilantes. Como antes, quando ele me interrompeu enquanto eu desenhava em seu abdome, ele tira o cabelo da minha testa. Desta vez não me assusto, não. Respiro, calma e profundamente, e deixo o perfume do arco-íris embriagar minha mente.

Seus dedos deslizam para a minha nuca, o polegar tocando o maxilar, e ele me puxa gentilmente para baixo, mas não inteiramente. A um centímetro da sua boca, a leve pressão de seus dedos para. Eu pisco uma, duas vezes. Na terceira, minhas pálpebras permanecem cerradas, o olhar recaindo sobre sua boca. Respiro fundo uma última vez e deixo o ar escapar pelo nariz. Então, com calma, envolvo seu lábio superior com os meus. É um beijo de leve, que segue minha respiração, mas quando Sebastian encaixa sua boca na minha, desperta em mim um formigamento excitante. Por todo meu corpo.

Me afasto um pouco, abro os olhos e encontro ele me observando com um ar de curiosidade, um desejo silencioso escrito em seu rosto, que me faz querer repetir o que acabei de fazer. Quando me debruço uma segunda vez e toco sua boca, a pequena curva de seu lábio superior me convida a explorar, então faço um contorno com a ponta da minha língua. Sebastian me deixa tomar o tempo que eu precisar, mas antes que me afaste novamente, ele abre um pouco a sua boca e encosta a língua na minha. Apenas as pontas se encontram fortuitamente, o que é suficiente para propagar uma onda de calor que toma conta de mim.

Seu gosto me fascina. Por baixo da camada suave e mentolada de pasta de dente que mascara o gosto de seu último cigarro, ele me lembra uma aventura e um desejo indomado. De liberdade. Porque estamos no País das Maravilhas.

Dou uma outra lambida em sua língua, de leve, e então mais uma, mais forte desta vez. De repente, a pressão que os dedos de Sebastian fazem no meu pescoço se intensifica novamente, assim como o nosso beijo até que sejamos um misto de línguas, lábios e respiração ofegante. Dobro meus cotovelos para poder inclinar mais um pouco o corpo e senti-lo em sua totalidade. No entanto, permaneço um pouco inseguro e mantenho meu peso com o apoio das mãos.

— Rafa... — resmunga Sebastian contra minha boca. — Eu não sou uma garota. Você não vai me esmagar se relaxar. — E com isso, ele usa seu outro braço para me envolver e me puxar para baixo com uma força que faz meus cotovelos falharem, assim como o ar nos meus pulmões. Mal tenho tempo de recuperar o fôlego, porque ele nos vira e me deixa preso debaixo dele, nossos lábios ainda duelando num jogo de paixão tórrida.

As mãos de Sebastian passeiam pela parte do meu corpo que está nu, deixando em minha pele um formigamento por onde toca. Também quero tocá-lo, sentir seu corpo, seus músculos, então levanto o moletom preto e deixo meus dedos acariciarem a pele na lateral do seu tronco. Ele pega na parte de trás da gola e tira o moletom, jogando-o de lado em seguida. A glória total de suas tatuagens maori, atualizadas com meu próprio desenho, se espalham por seu corpo, atraindo meu olhar.

Mais uma vez fascinado, deslizo meus dedos sobre a tinta preta, não tão tímido desta vez. São muito lindas. Preso nos desenhos do seu peito, que parecem espinhos cravados na escuridão, enfio minha mão por baixo de suas omoplatas e o puxo para perto de mim para beijar os desenhos. Encosto os lábios num dos espinhos e deixo minha língua acompanhar. Cara, seu gosto é exatamente como seu cheiro... um misto de sol e almíscar e basicamente puro Sebastian.

Minhas mãos voltam para sua frente, traçando as linhas até onde alcanço. Como estou deitado, Sebastian se endireita e fica numa posição meio ajoelhado, com as pernas separadas. Enquanto olha para mim, ele me deixa explorar.

Acaricio sua barriga e o vinco entre seus músculos, sempre me atendo aos desenhos, até chegar ao fim deles, onde desaparecem por baixo do tecido grosso de seus shorts jeans bege. Pedindo auxílio, meu olhar volta para seu rosto e encontro seus olhos me encorajando. Dizem-me silenciosamente que posso fazer o que eu quiser.

Mastigo meu lábio inferior e então, cautelosamente, levo as mãos aos seus shorts e os desaboto. Meus dedos encostam na ponta de sua ereção e, de soslaio, vejo como seu rosto se contrai de desejo reprimido. O som enquanto eu, relutante, abro sua braguilha invade o silêncio do ambiente. Engancho os dedos no cós dos shorts e da cueca boxer e os puxo para baixo, cuidadosamente libertando seu sexo.

Um gemido grave de alívio escapa-lhe por entre os dentes. Sim, ele estava sofrendo por um bom tempo nesses shorts. Por mais que o pensamento de cruzar essa última linha me assuste, também suscita curiosidade e desejo em mim. Uma vontade de explorar além das fronteiras das tatuagens em sua pele.

Viro para o lado, me apoiando no cotovelo e deixo a outra mão em seus shorts. É estranho, mas após cada pequeno passo que dou, sinto a necessidade de procurar seus olhos para afirmação. Sebastian está calmo como a superfície de um lago calmo. A julgar pela respiração acelerada e rasa em seu peito, no entanto, creio que tenha um fogo queimando dentro dele também.

Timidamente, meus dedos deslizam junto do cós dos shorts, perto de sua ereção. Ele pressiona os lábios, sem quebrar o contato visual por um segundo sequer. Somente quando as pontas dos meus dedos encostam suavemente em seu membro é que seus olhos se fecham e ele respira fundo, as narinas dilatadas.

Nunca na minha vida imaginei que chegaria o dia em que eu faria com um cara o que garotas fizeram comigo por tantas vezes. Meu primeiro boquete. Só de pensar na palavra já fico arrepiado — e não só de medo.

Seguro seu membro endurecido com a mão, fechando os dedos ao redor dele e massageando a cabeça com meu polegar, espalhando o líquido translúcido que se acumula na ponta. Quando puxo sua ereção, afastando-a um pouco do abdome, uma nova gota se forma. Repentinamente, sinto o ímpeto de querer saber qual é o seu gosto. Não só de seus beijos e de sua pele, mas dele por inteiro.

Seu abdome contrai quando me inclino e meu cabelo encosta em sua pele. No momento em que arrasto sorrateiramente minha língua pela ponta de seu pau, Sebastian arqueia suas costas para se apoiar nas mãos atrás dele. Um gemido trêmulo escapa de sua garganta.

É lindo.

Passo a língua no céu da boca e saboreio seu gosto ligeiramente salgado. Então dou outra lambida, lenta e demorada, de um lado para o outro de seu pau. Sua ereção pulsa em minha mão conforme mais sangue é bombeado para ela. Cuidadosamente, coloco minha boca nela, engolindo um pouco mais e gentilmente roçando os dentes sobre sua pele aveludada. Depois, faço movimentos circulares com a língua na ponta de seu pau, carinhosamente.

— Meu... *Deus...* — geme Sebastian.

Um sorriso brota no meu rosto. Agora eu entendo porque as garotas gostam tanto disso — provocar, quando você apenas quer que elas chupem. É excitante ter este poder. Saber que é você quem decide se o parceiro se entrega ao prazer... ou se arde numa vontade inominável. Amo o som de Sebastian gemendo por mais.

Concedo a ele mais um breve intervalo e volto a chupá-lo com força, enquanto a minha própria virilha pulsa com uma necessidade crescente. Mas então deixo seu pau de lado e faço um caminho de beijos até seu pescoço de maneira que eu possa ficar de joelhos. A verdade é que eu acho que não quero que ele goze muito rápido.

Passo minha língua em seu pescoço, fazendo movimentos circulares que o fazem gemer muito alto. Cravo minhas unhas em suas costas e as arrasto até embaixo, entre suas omoplatas, certamente deixando minha marca.

Sebastian agora se apoia em apenas um braço e coloca a outra mão no meu rosto, guiando-o até que nossos lábios estejam alinhados. Ele se inclina para trás, me puxando com ele. Ficamos enrolados num beijo apaixonado conforme ele se reclina, esticando as pernas e então enganchando uma delas nas minhas. Ele nos faz girar novamente, seus dedos se ocupando dos botões e da braguilha da minha calça. No momento em que me deito, ele a puxa junto de minha cueca boxer. Nunca tiraram minha roupa tão rápido.

Ele segura meu tornozelo com força, fazendo uma trilha de beijos e mordendo com carinho o interior da minha perna, e vai subindo e subindo. Meu pau lateja com a dor da antecipação. Jogo minha cabeça para trás, com as mãos esticadas sobre os lençóis da cama. Meu corpo todo se paralisa quando sinto o calor de sua boca na minha virilha. Ele põe as mãos sobre as minhas, apertando-as conforme percorre lentamente a língua desde as minhas bolas, por toda a minha ereção e até ponta.

— Porra, você tem gosto de paraíso — murmura, enquanto beija meu abdome e então recebe meu pau em sua boca. Ele começa a se empenhar num ritmo que deixa meu corpo completamente encharcado de suor, e eu sei que não vou aguentar muito tempo.

A sensação física de ter um homem te chupando é praticamente a mesma de uma mulher. Mas saber *quais* lábios estão envoltos no meu pau neste momento faz com que uma onda de arrepios dispare por todo meu corpo. Um calor sobe pela minha perna e se concentra em meu âmago. Quero gemer. Quero cravar meus dedos no lençol. Quero explodir.

Só que Sebastian não me permite. Como se soubesse exatamente até onde pode me levar sem cruzar aquele limite, ele para no último minuto possível e me deixa para morrer depois de quase me fazer chegar lá tão rápido.

Ele aproxima o corpo do meu e sobe, então me

põe de lado e fica atrás de mim. Na mesma hora, eu congelo quando cai a ficha do que ele quer fazer comigo em seguida.

— Não fica nervoso — sussurra ele em meu ouvido e então dá beijos suaves em meu pescoço. Sua mão repousa sobre meu abdome, seus dedos acariciando minha pele. — Não vamos fazer nada que você não queira.

Sua ereção desliza entre as minhas nádegas. Ele ainda está vestindo seus shorts desabotoados, o tecido esfregando contra minhas coxas.

— E-eu não *sei* se quero isso — respondo com sinceridade, olhando para a noite escura pela janela. A ideia de ter alguém comendo minha bunda me assusta um pouco, mas me intriga tanto quanto o resto desse jogo perigoso.

— Então vamos tentar — murmura ele em meu pescoço, movendo seus lábios até minha orelha. — E se você não gostar, podemos parar a qualquer momento. O controle é seu esta noite.

Suas promessas carinhosas me tranquilizam o suficiente para que eu dê um pequeno aceno e feche os olhos em seguida. Sebastian beija a região atrás da minha orelha e então um vazio gelado substitui seu corpo atrás de mim conforme ele sai da cama.

Me arrasto até o travesseiro, afundando meu rosto suado nele. Na vidraça escura, consigo ver a silhueta de Sebastian tirando os shorts e pegando algo da primeira gaveta da cômoda. Ele some do vidro quando se ajoelha na cama novamente, o colchão afundando atrás de mim com seu peso.

Ouço um breve som de papel se rasgando, então Sebastian cospe um pedaço de embalagem de camisinha, que passa por cima de mim como um arco e vai parar no chão. O resto da embalagem amassada segue. Enquanto ele leva algum tempo atrás de mim para colocar a camisinha, tento me acalmar através da respiração. Não quero ter medo disto. Eu simplesmente me recuso. Tudo que fizemos até agora não foi nada além de lindo. Ele não vai me machucar. E se eu achar muito incomodo, ele disse que poderíamos parar.

Eu confio nele.

Momentos depois, ele me acaricia, começando da panturrilha e subindo pela coxa e até meu quadril, conforme se acomoda atrás de mim mais uma vez.

Fecho os olhos e tento me entregar ao seu toque ao invés de temer o desconhecido. Seus beijos cálidos em meu pescoço e na minha coluna aliviam um pouco minha tensão.

— Serei gentil — diz ele com uma voz muito suave próximo ao meu ouvido e então vira meu rosto um pouco em sua direção para poder me beijar com força na boca. Ele enfia seu braço esquerdo embaixo de mim, entrelaçando nossos dedos, fazendo com que os nossos braços me envolvam num abraço carinhoso. Adoro quando ele me abraça assim, tão perto. Seu peito está pressionado contra as minhas costas, acho que consigo ouvir seu coração batendo no mesmo ritmo em que o meu.

Sua outra mão acaricia a lateral do meu quadril e então envolve meu pau. Eu estava preparado para que ele fizesse a parte dele, não que me massageasse até o clímax novamente. Mas seus dedos são tão hábeis que após dois minutos, eu já estou completamente fora de mim. Percebo que ele começa a pressionar sua virilha com força contra a minha bunda, mas porra, eu não ligo. O calor toma conta de mim, como se alguém tivesse ateado fogo em meu corpo. O que quer que ele faça agora está bom para mim, contanto que não pare o que está fazendo e deixe que eu, pelo amor de Deus, goze em sua mão.

Com minha cabeça inclinada ao máximo para trás, nos beijamos selvagemente. Nosso beijo é lento, profundo e apaixonado. Seus dedos apertam minha mão. Sua outra mão no meu pau me faz ver estrelas. E, de repente, seu pau desaparece entre as minhas nádegas.

Sebastian me solta por um breve momento para se posicionar, e então desliza para dentro de mim.

Uau. Estranho.

Meus olhos se arregalam enquanto minha bunda é desbravada como nunca antes. Graças ao lubrificante que ele deve ter passado na camisinha, tudo acontece de maneira suave e não dói muito. Sebastian também não vai muito longe, apenas a ponta de seu pau. Mas é o suficiente para fazê-lo gemer e morder o lóbulo da minha orelha com força. Essa dor é certamente maior do que a que ele causa na minha bunda quando começa a estocar bem devagar. E, porra, sua mão volta para o meu pau, acabando comigo com alguns movimentos habilidosos. Não sei em que me concentrar primeiro.

Merda! É essa a sensação quando o Jabaguarte fode o Coelho Branco no País das Maravilhas?

Meu clímax é o mais intenso que já tive e, finalmente, um gemido rouco escapa de mim quando gozo. Não dou a mínima para onde a porra vai parar, a maior parte fica entre os dedos de Sebastian mesmo. E pelo som suplicante de satisfação que ele solta atrás de mim, ele está junto comigo até o limite.

Com o rosto afundado no travesseiro, termino de arfar por conta do incrível orgasmo. Sinto falta de seu corpo quente nas minhas costas quando ele sai da cama para jogar fora a camisinha e se limpar, mas estou bem feliz que seu pau não está mais na minha bunda. Estava tudo bem enquanto eu estava distraído com outras sensações, mas agora, na calmaria depois da tempestade, acho que me faria sentir muito estranho.

— Não tenho certeza se quero fazer isso de novo — murmuro, o travesseiro abafando minhas palavras.

O som da risada de Sebastian ecoa do banheiro. Momentos depois, o colchão atrás de mim afunda e suas mãos limpas e gentis, passeiam pela minha perna enquanto seus lábios acariciam o ponto sensível atrás da minha orelha.

— Nada disso? — diz ele lentamente, fazendo carinho na minha bunda. — Ou só essa parte?

Tiro meu rosto de seu esconderijo e viro para encará-lo. Sua mão repousa sobre o outro lado do meu quadril. É uma sensação agradável, ele esparramado na cama, sua cabeça apoiada pela outra mão.

— Não, a maior parte foi ok, na verdade — digo, agarrando o travesseiro.

— Só... *ok*? — Seus grandes olhos castanhos se arregalam, e respondo com um sorriso diabólico. Ele também sorri. Ele tira uma mecha do meu cabelo da testa e puxa duas vezes de brincadeira. Ele então se levanta e me dá um tapa forte na bunda.

Ai.

— Levanta e já para o banho — ordena ele. — Eu ainda preciso de uma xícara de café antes de voltar para cama.

Rolo para fora do colchão resmungando, pego minha calça jeans, uma camiseta e uma cueca boxer limpa na mochila, e o sigo pelo corredor.

CAPÍTULO 11

Sebastian

Entro primeiro no box e ligo o chuveiro. Rafael estende a mão para sentir a temperatura da água antes de ousar se juntar a mim, o que me faz rir.

— Sempre tão frágil.

Ele mostra a língua para mim, em seguida, encara a água, fechando os olhos. É apertado aqui, nada comparado com o box espaçoso no apartamento dele, mas gosto da proximidade. Para ser sincero, se pudesse, eu o arrastaria por aí comigo num abraço apertado. Houve momentos hoje em que eu só queria agarrar seu rosto e beijá-lo com força, apenas por ele ter dito algo fofo ou, mais uma vez, me lançado um daqueles olhares tímidos que tanto amo.

O dia com ele foi maravilhoso. Estou feliz por Cláudia ter sugerido que eu o trouxesse comigo nesta viagem. Era justamente o que ele precisava para tirar toda a merda de Londres da cabeça. Para ousar dar o próximo passo em direção a outro território. Ao País das Maravilhas.

Eu ainda não conheço muitas pessoas na cidade. Alguns caras na academia e algumas pessoas das corridas. Nenhum dos quais eu chamaria de amigo próximo. Então, Cláudia foi a primeira pessoa para quem contei sobre o estranho começo da minha amizade com Rafael. E sobre meus sentimentos por ele, que se intensificaram. Rapidamente. Depois da morte de nossos pais num acidente de trem, Cláudia se tornou mais do que uma irmã para mim. Ela é a minha maior confidente. Me alegra ver que ela gostou dele no momento em que ele pôs os pés aqui em casa. E a bonequinha? Bem, ela o adotaria como unicórnio de estimação num piscar de olhos se pudesse.

Rafael passa a mão pelos cabelos molhados, colocando-os para trás com o queixo levantado. Ele tem o corpo mais primoroso que já toquei na vida. Forte e definido, mas um tanto frágil na maneira como se move. Ágil, como um leopardo. Um leopardo da *neve*.

Distraidamente, percebo como seu olhar se volta para mim através da água caindo. Ele me oferece seu gel para banho e indica para minha barriga com a cabeça.

— Quer lavar isso?

Devagar, olho para baixo para o meu corpo — onde a verdadeira tinta no meu corpo encontra os desenhos do marcador que ostenta nossas iniciais. Me livrar disso? Nem fodendo.

Eu sei que ele estava protelando na hora, porque estava nervoso por ficar sozinho comigo no quarto. Mas o jeito que ele ficou deitado sobre minha perna o tempo todo, tão concentrado e aficionado na tarefa de desenhar... não podia desviar meu olhar dele por um segundo sequer. Tudo que diz respeito à tinta no meu peito é perfeito. Até o borrão que aconteceu quando cometi o erro de tocar nele.

Ou *principalmente* aquele borrão.

Rafa é sempre tão nervoso quando o assunto é toque. E assustado. É a coisa mais fofa do mundo. E eu o amo por juntar a coragem necessária para superar isso. Porque ele quer estar perto de mim tanto quanto eu quero estar perto dele. O calor que surge dentro de mim quando penso nas tantas memórias que fizemos hoje é imensurável. Dá um nó na garganta e coloca em meu peito uma saudade dele que mal consigo conter.

— Não acho que só água e sabão vão funcionar, para falar a verdade. — Sua voz suave interrompe meus pensamentos. — Talvez você tenha que usar uma escova de esfregar grossa.

— Rafael...? — digo, encontrando seu olhar através da água..

Minha voz rouca provoca sua ansiedade.

— Hã?

Mas já dissemos o suficiente. Pego em suas bochechas, empurro-o contra a parede com meu corpo e tomo sua boca com um beijo cheio de necessidade, desejo, amor e todas as outras coisas que não consigo nomear no momento.

Um pequeno suspiro de surpresa escapa de Rafael. Fica preso à paixão que exala entre nossos lábios e línguas entrelaçadas. Seus dedos cravam nas minhas costas e seu abraço apertado faz meu coração bater num ritmo que eu desconhecia até então. Não quero soltar dele. Nunca mais.

Então, quando paramos de nos beijar, e Rafael respira para recuperar o fôlego, encosto minha testa na dele e fecho os olhos.

— Está tudo bem? — pergunta ele com cautela, sua mão direita repousando delicadamente sobre meu coração acelerado.

Eu faço que sim com a cabeça. É só o que posso fazer.

Porque está tudo perfeito.

CAPÍTULO 12

Rafael

Sebastian me surpreendeu um pouco no chuveiro. Para falar a verdade, ele me chocou. Não sei de que pensamento eu o arranquei quando ofereci meu gel para banho, mas certamente era algo profundo.

Depois de vestir minha calça jeans e a camiseta branca, seco o cabelo e continuo observando Sebastian. Ele também está de jeans azul e termina de colocar o moletom preto após o banho, cobrindo o abdome. A intensidade dos desenhos que fiz com o marcador não se perdeu em nada com a água. Não estava brincando quando falei que vai ser necessário esfregar muito. Marcador permanente é difícil de remover da pele.

Colocamos as toalhas usadas na lavanderia e descemos as escadas para ir à cozinha, pois Sebastian disse que quer uma xícara de café antes de deitar. Não conheço ninguém que toma um expresso à meia-noite, mas ele já é especial em tantos aspectos. Isso é só mais uma coisa a ser adicionada ao quebra-cabeça que o torna perfeito para mim.

Uma luz brilhante vem da sala escura, fazendo com que nós dois paremos. Cláudia pegou no sono com a TV ligada.

— Você pode desligar? — sussurra Sebastian para mim, já dirigindo-se até a irmã. Ele a pega no colo junto do cobertor de crochê com o qual ela está coberta e responde ao seus murmúrios incoerentes.

— Hora de ir para a cama, mana.

Procuro o controle remoto e o encontro escondido entre as almofadas. A sala é engolida pela escuridão quando aperto o botão de desligar, então me guio pela pequena luz acima do fogão que Sebastian ligou na cozinha. Ele volta minutos depois e pergunta:

— Você quer café também ou gostaria de outra coisa? Chá ou chocolate quente?

— Chocolate quente cairia bem.

Ele assente e enche uma caneca com leite que pegou na geladeira, em seguida a coloca no micro-ondas e a deixa lá por alguns minutos. Enquanto isso, subo na ilha da cozinha e faço uma careta porque sentar depois *daquele* tipo de sexo me causa uma sensação estranha.

Sebastian ri da minha cara estranha.

— Não precisamos fazer de novo se você não gostou. — Ele põe uma xícara debaixo da cafeteira. Enquanto um líquido preto escorre dentro do recipiente, ele tira meu leite quente do micro-ondas e o melhora com uma quantidade caprichada de calda de chocolate. Ele põe a bebida quente em minhas mãos, e sussurra no meu ouvido. — Mas foi bom ter sido o seu primeiro.

Eu sorrio, olhando para o chocolate que seguro em meu colo.

— Isso significa algo para você, é? — Honestamente, nunca entendi o frisson das *primeiras vezes*. Pelo menos não no passado. Garotas inexperientes me irritavam mais do que me deixavam excitado. Ser o inexperiente da vez me faz sentir um pouco inseguro.

Sebastian levanta meu rosto com os nós dos dedos em meu queixo.

— Significa tudo — diz ele, delicadamente.

Ele tem razão. Todas as *primeiras vezes* que tive com ele nessas últimas semanas me tocaram também, e foram muitas. Não consigo decidir qual foi a minha favorita, mas observar as estrelas na árvore e apenas segurar sua mão está nas primeiras posições da lista. Logo abaixo do gosto de sorvete de morango e cigarro deixados na minha língua.

Sebastian pega seu café e se encosta na bancada à minha frente, os tornozelos cruzados e uma mão na beirada. Ele me observa por cima da borda da xícara enquanto bebe. Bebo um gole do meu chocolate quente e olho fixamente para ele. Sei que ele consegue ver o sorriso que escondo por trás da minha caneca.

— Não faça isso — diz ele, colocando a xícara vazia na pia.

— O quê?

Quando ele vem em minha direção, abaixo a bebida e automaticamente afasto minhas pernas para que ele possa ficar entre elas. Com as mãos apoiadas em cada lado dos meus quadris, ele olha no fundo dos meus olhos, atentamente, centímetros nos separando.

— Não esconda. Você é deslumbrante, Rafael, especialmente quando está feliz.

Meus dedos seguram mais firme na caneca. Como ele sempre consegue fazer minha pele arrepiar com tão poucas palavras?

— Eu quero passar mais tempo com você. Não só aqui onde ninguém te conhece. Quero estar com você amanhã, quando voltarmos para Londres. Na próxima semana, no próximo mês... — Ele roça o nariz na minha bochecha. — Não deixe isso acabar no País das Maravilhas.

Meu coração começa a bater muito forte. Não sei de onde esse nervosismo súbito vem, porque eu também quero ficar com ele — e não só hoje em Eastbourne. Mas pensar além das fronteiras deste lugar seguro me deixa tonto. Como se houvesse um enxame de abelhas prezo dentro da minha cabeça e seu zumbido perigoso impedisse qualquer pensamento racional.

— Eu... — Minha voz falha, então limpo a garganta e tento de novo. — Não quero que acabe. É só que...

— Não. Não procure desculpas agora. — Ele me interrompe e faz uma trilha de beijos delicados pelo meu pescoço.

Inclino levemente a cabeça para facilitar, porque a sensação é boa demais.

— Você não precisa anunciar pro mundo que você é gay hoje — murmura ele contra a minha pele. — Basta parar de esconder de si mesmo. E de mim. — Sua língua circula pela curva do meu pescoço, provocando pequenos arrepios nas minhas costas. — Vamos tentar um relacionamento.

Milhares de pensamentos tentam passar pelo enxame de abelhas em minha cabeça. Imagens dele segurando minha mão na rua, ou de mim sendo buscado por ele depois de um dia na universidade. Eu o apresentando à minha família na Islândia. A caneca de chocolate começa a tremer em minhas mãos.

— Você quer que eu seja seu namorado?

Os lábios de Sebastian saem do meu pescoço e ele morde minha orelha.

— Eu quero você seja meu tudo.

Deus, por que ele sempre faz surgirem pensamentos tão assustadores com os melhores sentimentos do mundo? Quero me render a ele ao mesmo tempo que quero fazê-lo parar de falar.

Só que eu também quero ficar com ele. E se o nome certo para isso for *namorado*, então talvez seja isso que quero ser. Mas por que é tão difícil de dizer em voz alta?

— Jesus Cristo. — Dou um gemido e enfio a testa em seu ombro. — Crack não deve ser tão ruim quanto você.

O ar quente de sua risada umedece minha pele.

— Eu amo ser a sua droga.

— Tenho certeza que sim — resmungo e desço do balcão deslizando, tirando-o do caminho. Quieto, ele me observa enquanto termino meu chocolate quente e coloco a caneca na lava-louças. Quando volto para ele, há um vinco de curiosidade em sua testa que decido ignorar. Em vez disso, apenas tomo sua mão e o tiro da cozinha.

— Isso significa um *sim*, então? — O tom brincalhão em sua voz é tão fofo que derrete meu coração.

Mas mantenho a cara séria. Não me viro, apenas subo as escadas junto dele.

— Significa que já está tarde, o dia foi longo, eu estou cansado, comeram minha bunda e eu realmente preciso de algumas horas de sono antes que eu consiga pensar em qualquer outra coisa.

Sebastian ri atrás de mim.

— Nos meus braços? — Ele me deixa arrastá-lo por todo o caminho.

Merda, agora tenho que disfarçar meu próprio sorriso. Mas não funciona tão bem.

— Talvez.

Já em seu quarto, solto sua mão, fico só de cueca e então me jogo de barriga na cama, de frente para a janela. Logo, o colchão afunda quando ele sobe na cama atrás de mim. Não consigo ignorar que ele não apaga a luz imediatamente. E, droga, consigo sentir seu olhar irritado na minha nuca. Isso me faz sorrir para mim mesmo.

— Você não vai *mesmo* dormir assim, vai? — diz ele após alguns minutos. Finalmente, caio na gargalhada.

Me viro e o encontro agarrado ao travesseiro em que está deitado, de bico como um garotinho.

— O quê? — pergunto. — Pouco contato físico? — Com um sorriso provocador, empurro meu joelho para encostar no dele, assim como ele fez quando estávamos no cinema e eu não consegui tocá-lo. — Melhor assim?

— Não. — Ele não quebra o contato visual quando engancha a perna em volta da minha e a puxa para ele, deixando elas entrelaçadas. Ele então sorri. — *Agora* sim. Um pouco.

É mesmo.

Ficamos nos encarando e espero ele apagar a luz. Ele não o faz.

— O que significa todos esses padrões na minha barriga? — pergunta.

Claro. Aparentemente, o sono é superestimado. Mas de novo, gosto que ele não quer deixar o dia acabar, então me apoio no cotovelo e empurro seu ombro fazendo-o ficar de barriga para cima.

— Isso aqui — digo, e percorro a ponta do dedo pela hélice dupla que desenhei no começo — é para as características estranhas que a natureza nos dá quando nascemos.

— Como ser gay? — pergunta Sebastian, se levantando um pouco para poder olhar para onde estou apontando.

— Como ter cabelo louro ou preto — retruco sarcasticamente.

— Ah, sim. — Ele revira os olhos e eu rio. Então levo meu dedo até as barras de abelha.

— Isso aqui é uma homenagem ao seu amor irracional por filmes de quadrinhos estranhos na sua juventude. — Balanço as sobrancelhas para ele. — Significa: Bumblebee para sempre.

Ele ri e tira os fios louros da minha testa, mas rapidamente tira a mão.

— Você não gosta mesmo de *Transformers*, não é?

— Olha, eu sou mais do tipo *Velozes e Furiosos*.

Ele aceita isso sem comentar nada.

— Então, e a tartaruga?

Sigo as linhas da carapaça abstrata da tartaruga

marinha.

— Uma bela caminhada à beira-mar. — Minha voz fica um pouco mais suave. Por um momento, meu olhar recai sobre o R e o S interligados. Me recuso a explicar o que eles significam porque acredito que à essa altura ele já entendeu onde tudo isso vai dar. Ao invés disso, levo meu dedo até o tema mais proeminente, abaixo de seu coração.

Sebastian coloca a mão sobre a minha e percorre os galhos de árvore de pele nua em meio ao escuro com a ponta de seu dedo.

— Uma árvore em meio ao céu escuro da noite? — pergunta delicadamente.

— País das maravilhas — respondo.

Seus dedos se fecham com cuidado ao redor dos meus e ele espera até que eu finalmente olhe para ele.

— Você registrou o dia de *hoje* em mim?

Por alguns segundos, sou prisioneiro em seus olhos castanhos que emanam um calor, então volto a olhar para os desenhos. Minha voz é nada além de um sussurro quando digo:

— Acho que registrei *nós dois* em você.

Um silêncio recai sobre o quarto, e quase me faz

querer retirar o que acabei de dizer. Um bipe do bolso da minha calça jeans no chão me salva do momento. Saio da cama e pego o celular. Tão tarde da noite, só pode ser Tânia ou Félix, e eu esperei por essa mensagem o dia inteiro. Sentado na beira do colchão, sorrio quando leio o que Tânia tem a dizer.

— Seus amigos? — pergunta Sebastian, soando como se também tivesse saído das planícies sentimentalistas do País das Maravilhas.

Faço que sim.

— Félix finalmente botou para fora o segredo. E Tânia está tendo um pequeno surto neste momento.

— Ela usa palavras demais para reclamar que *nunca* estou na cidade quando algo importante ou doido acontece. Deve ser verdade. *Todo* fim de semana estou fugindo com um estranho diferente.

Coloco o travesseiro encostado na cabeceira e reclino, indo para baixo das cobertas que Sebastian puxa para nós. O calor de suas pernas rapidamente aquece o espaço e eu gosto disso.

Com os dois polegares na tela, digito uma mensagem de volta para Tânia: *Fica calma, coração. Não sei como não percebemos isso antes, mas é tudo que você sempre quis e precisa. Félix é perfeito para você. Você sabe. E eu não vou sumir da sua vida só porque você tem um namorado agora, prometo. Talvez eu também tenha um em breve. :P Então, levanta a cabeça e diga que SIM, porra! E se você realmente estiver com medo de dar esse salto, há um livro de colorir no meu apartamento que você pode pegar emprestado e pintá-lo para ver se te ajuda a ganhar coragem. ;-)*

Envio a mensagem, fico feliz com o emoji com a língua para fora e os três corações que ela envia logo em seguida.

Quero colocar o telefone de lado, mas não consigo porque Sebastian o toma da minha mão. A reclamação fica presa na garganta quando ele segura o celular em cima de sua barriga e tira uma foto dos desenhos pseudomaori. Ele manda para ele mesmo pelo WhatsApp, através da conversa que temos levado já por duas semanas. Ele então me assusta quando passa o braço pelo meu pescoço, me puxa para perto e segura meu celular no ar para tirar uma selfie. Enquanto ele se inclina para beijar a parte de trás da minha orelha, coloco o antebraço sobre meus olhos, incapaz de evitar que um sorriso brote em meu rosto.

Ele também envia esta foto para si mesmo e meu coração para por um segundo quando a vejo de relance. É meio fofa e excitante e proibida e completamente louca ao mesmo tempo. Sebastian também digita algumas palavras depois, mas ele fecha o aplicativo e me devolve o telefone antes que eu consiga ler. Curioso por natureza, abro a conversa e caio na gargalhada.

Eu

Nossa primeira foto como casal.

Escrevo minha própria mensagem e a envio logo após a que ele escreveu em meu nome.

Eu

Só que... não. Você sabe que não somos um casal.

Sebastian lê enquanto digito as palavras e então toma o celular de mim mais uma vez, fazendo as correções que acha necessárias.

Eu

*... ainda. Mas conversamos sobre isso quando
voltarmos a Londres.*

Eu

Talvez. Boa noite, Sebastian.

Eu

Boa noite, Rafa.

Enquanto Sebastian rola para a beira da cama e desliga o abajur em cima da cômoda, eu rolo para o outro lado e coloco o celular na mesa de cabeceira. Antes que eu sequer tenha tempo de afundar a cabeça no travesseiro, ele envolve seus braços em mim e me puxa para perto dele. Deixo escapar um pequeno suspiro, então rio baixinho enquanto repouso minha cabeça em seu braço estendido.

Ele dá um beijo no meu pescoço e eu fecho os olhos, respirando o perfume de arco-íris do País das Maravilhas.

*

Meu rosto e meus ombros estão agradavelmente

213

quentes, como se alguém tivesse colocado a parte superior do meu corpo no forno, embora o cobertor esteja na minha cintura agora. Deitado de bruços, com os braços embaixo do travesseiro, pisco os olhos, ficando cego pelos raios de sol inundando o quarto pela janela. Acho que dormi metade da manhã.

Dormimos.

O braço de Sebastian está envolto em minha lombar, seus dedos imóveis roçando delicadamente minha cintura.

— Bom dia — diz ele suavemente atrás de mim e me surpreende um pouco..

— Como você sabe que eu acordei? — Nossa, minha voz está rouca.

Seus dedos começam a acariciar minha barriga.

— Sua respiração é diferente quando está dormindo.

— Há quanto tempo você está ouvindo minha respiração?

— Mais ou menos uma hora.

Eu me apoio nos cotovelos, me erguendo e lançando-lhe um olhar semicerrado.

— Sério?

Sebastian ri, rolando para o lado, ficando de barriga para cima apoiando a cabeça com um braço.

— Seu sono é profundo. Só jogando um balde de água em você para te acordar.

Só agora percebo que ele já está vestido. Jeans e uma regata preta clássica. Quando ele se levantou? Aliviando os ombros, volto para o travesseiro, mantendo o foco nele.

— Está com fome? Cláudia e Michele estão acordadas há horas, mas posso fazer café da manhã para nós, se você quiser — oferece ele.

— Eu não tomo café da manhã. Uma xícara de café é o suficiente.

— Cappuccino com uma pá de açúcar? — provoca ele, me fazendo sorrir. Em seguida, se levanta rapidamente e calça os tênis vermelho-escuro. Já na porta, ele se vira para mim. — Desça quando estiver pronto.

Suspiro profundamente, fechando os olhos por um breve momento após ele sair. Então, finalmente me levanto e visto as roupas que usei depois do nosso banho da meia-noite. Após escovar os dentes, desço as escadas e sigo o som das vozes até a cozinha. Estão

Sebastian, Cláudia e uma senhora idosa que também parece ser nova para Sebastian, já que eles estão apertando as mãos.

Quando me veem chegando, Cláudia me recepciona com um sorriso caloroso e, estendendo o braço, me chama para mais perto. A mulher com os cachos grisalhos e curtos, e rugas que contam uma história, me dá uma olhada amigável.

— Outro irmão seu? — pergunta ela a Cláudia, mas estende a mão para mim. Eu aperto.

— Não. Rafael é um amigo da família — responde Cláudia. Então ela me diz:

— Essa é a Sra. Shoemaker. Ela e o marido se mudaram para o outro lado da rua há apenas alguns meses.

A mulher que aparenta ter entre setenta e oitenta anos em sua blusa simples branca e sua saia florida parece ser a avó de qualquer um. Sua mão é quente, gordinha e macia. Ela segura um pacote de farinha no outro braço, então suponho que ela veio aqui pegar emprestado alguns ingredientes para preparar biscoitos para os netos ou algo assim.

— Prazer em conhecê-la — digo, mas meu olhar

logo se desvia para Sebastian, que caminha em minha direção e me entrega uma xícara de café fumegante.

— Com açúcar extra — sussurra ele, conforme a mulher se envolve numa conversa na qual não estou mais prestando atenção.

Aceito a xícara com um sorriso e tomo um gole.

— Hmmm... perfeito. Acho que vou ficar com você — provoco-o baixinho.

— Como seu barista? — Sebastian mostra a língua para mim.

— Se você também fizer uma boa lasanha, posso te promover a meu cozinheiro.

Ele arqueia as sobrancelhas de uma forma insinuante que me deixa arrepiado.

— Então... você quer eu cozinhe o jantar para nós dois hoje à noite?

— Não foi isso que eu disse. — Reviro os olhos, mas rio até que avisto por cima do ombro dele uma pessoa ainda mais doce que Sebastian. Michele está sentada no chão de azulejos, usando um vestidinho amarelo com mangas bufantes. Com a caneca em mãos, me aproximo e me agacho em frente a ela. Ela não me nota imediatamente, pois está tentando colocar um bloco de quebra-cabeça em forma de coelho num espaço que obviamente pede a forma de um cachorro.

— Bom dia, princesinha — digo em voz baixa, tentando não assustá-la. Mas ela olha imediatamente para mim de qualquer jeito, seus olhos brilhando de alegria. Ela estende o coelho para mim e eu o coloco no lugar certo do seu quebra-cabeça de fazendinha.

Então, algo atrás dela chama a minha atenção e me levanto lentamente.

São as notícias na TV. Uma mulher num vestido social vermelho encara a câmera enquanto clipes de vídeo da Parada do Orgulho Gay de ontem são mostrados atrás dela. A coisa toda parece um grande carnaval brasileiro. Reconheço Oxford Circus e a Regent Street enquanto milhares de pessoas festejam, aparentemente se divertindo como nunca.

A única coisa que me irrita é a expressão séria no rosto do repórter.

— Uma sombra foi lançada sobre o evento por uma demonstração contrária nos arredores da cidade.

Clipes de outros vídeos são mostrados. Skinheads de jaquetas de aviador e coturnos marchando. Eles bramem e seguram placas que dizem... coisas realmente desagradáveis. Minha garganta seca e mal consigo piscar quando as palavras da âncora invadem meu mundo como um eco que vem de muito, muito longe.

— ...fábrica abandonada... protestos... duas pessoas brutalmente espancadas... um casal homossexual... encharcado de gasolina...

Minha respiração para por completo enquanto meu olhar horrorizado está grudado na TV.

— Incendiados.

Luzes azuis piscam na tela. Paramédicos colocam duas macas em ambulâncias diferentes. A parte superior do corpo de uma das vítimas fica visível por apenas um segundo. Braços, tronco e a cabeça... queimados.

Vou vomitar.

— ... mensagens espalhadas...

Enormes letras pretas aparecem na parede encardida da fábrica atrás deles. Minha visão é um borrão de pontos brancos e pretos dançando juntos. Apenas vislumbro as palavras: *MORTE.... VEADOS PORCOS... QUEIMEM!*

O que quer que a âncora diga depois é abafado pela voz aguda da vovozinha segurando a farinha para os seus biscoitos atrás de mim.

— Está por todos os jornais essa manhã. Na minha opinião, a culpa é deles mesmos. Por que não ficar em casa? Sempre tendo que fazer esses desfiles ridículos, se exibindo como manequins numa vitrine.

Minha garganta apertada mal me permite engolir quando me viro no piloto automático. O nojo no olhar da vovozinha me perfura como uma rajada de mil lanças afiadas.

— Herbert e eu sempre dizemos que o mundo vai para o cacete se essas aberrações puderem fazer o que quiserem — dispara ela. — E é isso aí que nós ganhamos.

O que nós ganhamos...? A tentativa de assassinato de dois homens culpados de absolutamente nada além de se amarem... é isso que *nós* ganhamos?

Meu olhar se volta para os rostos pálidos de Cláudia e Sebastian atrás dela.

— Estela... — diz Cláudia, engasgando, aproximando-se de mim.

Aperto minha barriga porque sinto que algo que

está lá dentro quer sair. Cláudia tira a xícara da minha mão e eu deixo, mas não consigo olhar para ela. Sebastian é meu único foco. O homem que me fez beijá-lo. Tocá-lo. Cujo pau estava *dentro* de mim ontem à noite. Sinto um líquido ácido queimando minha garganta. Imagens minhas enfrentando um grupo de skinheads surgem em minha mente. Meus olhos começam a arder. Acho que esqueci de piscar por quase um minuto. Na minha mente, vejo-os derramando gasolina sobre o meu corpo. Sobre Sebastian. Sobre toda pessoa gay no mundo.

E eles ateiam fogo em nós.

Porque *merecemos* isso.

Porque somos *aberrações*.

Porque a vovó simpática da vizinhança disse que sim.

— Rafael... — começa Sebastian, paralisado assim como eu.

Mas não quero falar com ele. Não quero ouvir. Não quero estar aqui.

Eu não quero ser gay.

Eu preciso sair daqui!

CAPÍTULO 13

Sebastian

Rafael me encara como se diante de mim estivesse apenas o mero fantasma dele, e seu corpo fora queimado nos arredores de Londres perto da fábrica abandonada na noite passada.

Não tenho ideia de por que essa mulher ordinária e preconceituosa ainda está em nossa casa, mas espero que *ela* receba o que merece pelo que acabou de dizer. Pelo olhar horrorizado que ela colocou no rosto de Rafael.

Se Cláudia não tivesse tirado a xícara de café de

sua mão, ela provavelmente teria se espatifado no chão.

— Rafael... — sussurro, porque tenho a impressão de que a última coisa que ele quer que eu faça agora é ir até ele abraçá-lo. Mesmo assim, dou um pequeno passo à frente.

Ele se retrai no momento em que me movo, e então, vira-se e sai correndo pela porta.

— *Não! Não! Não!* — grito, empurrando a robusta Sra. Shoemaker para fora do meu caminho enquanto corro atrás dele.

Rafael não vai muito longe. Sob a sombra do cedro no jardim da frente ele apoia uma mão no tronco, enquanto a outra aperta a barriga e ele respira fundo. Desacelero o passo e chego mais perto com cautela.

— Rafa...

Ele olha para mim com um desespero estampado nos olhos, seu rosto pálido suando frio.

— Não! — A palavra brusca me paralisa na hora, a dois passos dele. Ele fecha os olhos bem apertado, a voz ficando fraca. — Apenas... pare. — Então, seu corpo se agita e, violentamente, seu estômago põe para fora os poucos goles de café que ele tomou agora há pouco.

Impotente, a única coisa que posso fazer é observar com o peito apertado Rafael cair de joelhos no chão onde nos beijamos ontem e vomitar no País das Maravilhas. Meu coração sangra por ele. Por nós dois.

Ouço algumas vozes atrás de mim, e elas me fazem olhar por cima do ombro. A Sra. Shoemaker sai da casa, acompanhada por minha irmã com Michele no colo. A velha me lança um olhar perplexo conforme a ficha do que está acontecendo começa a cair. Devolvo o olhar até que ela já tenha ultrapassado a cerca do jardim, e depois não dou a mínima e agacho ao lado de Rafael.

Assim que toco em seu ombro, ele cai para o lado e se senta na grama com as costas apoiadas na árvore. Sua respiração está acelerada e ele olha para o céu azul limpo.

— Ei — digo com a voz mais gentil possível e agarro seus tornozelos para dar mais peso às minhas palavras. — Não é verdade. Seja o que for que aquela mulher...

— Eu quero ir para casa. — Ele me corta, ainda olhando para o céu e não para mim.

— Escuta, vamos lá para dentro e só...

— Não, Sebastian! — Sua expressão cheia de pânico e raiva se volta para mim. — Eu quero ir para casa. Agora. — Quando seu olhar se move um pouco para cima, onde Cláudia está com Michele, a julgar pela sombra ao meu lado, ele fecha os olhos, obviamente envergonhado. Ele não quer que elas, ou eu, o vejam assim.

Eu engulo em seco, mas está claro que agora não é o melhor momento para conversar. Ele quer ir embora, então é isso que vamos fazer.

Me levanto do chão e dou a Cláudia um olhar de desculpas, que ela devolve com tristeza nos olhos. Na verdade, ninguém é culpado, mas todos se sentem péssimos. Até Michele parece estar com pena de seu amado unicórnio. Acaricio sua bochecha gentilmente.

— Rafael não está se sentindo bem hoje. Vou levá-lo para casa agora.

Ela faz que sim, mas seu rostinho de bebê se enche de tristeza.

Corro para dentro e pego nossas coisas no meu

quarto, então pego uma garrafa de água da geladeira antes de sair novamente. Rafael já está esperando ao lado do Honda, de cabeça baixa para não ter que olhar para ninguém.

Somente quando minha irmã vai até ele com a pequena no colo é que ele diz bem baixo:

— Me desculpe.

Cláudia põe a mão em seu antebraço.

— Não precisa — diz ela, mas duvido que ele sequer ouviu o que ela disse. Jogo a bagagem no banco de trás e entrego a água para Rafa antes que ele entre no carro.

Como não quero deixá-lo esperando por muito tempo, abraço minha irmã rapidamente e prometo ligar mais tarde. Michele ganha um beijo carinhoso na bochecha. Em seguida, vou direto para o volante, bato a porta, coloco o cinto e dou partida no motor.

Com um último olhar para Rafael, espero enxergar a possibilidade de uma conversa para resolver as coisas, mas ele apenas vira para o lado e olha pela janela enquanto toma um gole de água. Ele reconstruiu todos os muros — e os fortificou. Então, saio da vaga de estacionamento de ré e coloco o carro na estrada.

As ruas estão vazias nesta manhã de domingo. Mesmo assim, não acelero. Não sei porque. Talvez porque haja uma pequena esperança alojada em meu peito de que Rafael mude de ideia e fale comigo após alguns minutos — dez, vinte, cinquenta, uma hora. Mas seus lábios permanecem selados.

O silêncio absoluto no carro é insuportável. Abro a janela para pelo menos ouvir um pouco do barulho de fora, não ouso ligar o rádio. A janela aberta não ajuda em porra nenhuma. Respirar não fica mais fácil por causa dela.

Dentro de mim surge um grito de desespero por esse ser o fim. Rafael nunca mais vai abrir a boca na minha frene. Nuca mais iremos nos tocar da maneira como nos tocamos ontem. A felicidade que acabamos de encontrar acabou de escapar entre os meus dedos como uma areia numa ampulheta.

Olho para ele de vez em quando, e me machuca ver como seu peito ainda treme com a respiração amedrontada. Sua garganta se contrai, e pela última meia hora, ele mordeu o lábio inferior mais vezes do que já o vi fazer antes.

Conforme cruzamos as fronteiras de Londres, o trânsito intensifica ligeiramente. Felizmente, porque isso vai nos retardar. Tenho medo de pensar no que vai acontecer quando entrarmos em Brook's Mews e eu tiver que parar o carro.

Eu quero ajudá-lo. Quero abraçá-lo e dizer que tudo vai ficar bem. Num sinal vermelho, estico a mão cautelosamente para tocar em seu joelho, mas ele afasta a perna, sem nem mesmo olhar para mim depois de duas horas na estrada.

O silêncio entre nós machuca como se dez mil agulhas penetrassem minha pele.

Quando chegamos em Mayfair, e faltam apenas três minutos para chegar na casa dele, respiro fundo e apenas digo:

— Por favor...

Um músculo salta em sua mandíbula, mas Rafael não responde. E então chegamos. O prédio paira ameaçadoramente sobre nossas cabeças como uma montanha de punição diante de nós. Estaciono no meio-fio e desligo o motor, na esperança de...

Não. Rafael pega a mochila do banco de trás e leva a mão até a porta para abri-la. Num estado de pânico que nunca senti em minha vida, pego em seu braço e o seguro. Uso mais força do que pretendia, então afrouxo minha pegada imediatamente quando ele volta a se encostar no banco e franze a testa para minha mão.

— Vou poder ver você de novo...? — ralho, porque não sei mais o que dizer.

Um momento longo e silencioso passa. Então ele começa a balançar a cabeça lentamente. Antes mesmo que ele termine, deixo escapar, cheio de medo:

— Por que não?

— Porque você... Aquele tipo de vida não é para mim. É o seu mundo, seu País das Maravilhas. Não meu.

— Por que você está falando isso? Porque uma velhaca não conseguiu ficar de boca calada?

— Não. — Pela primeira vez desde que deixamos Eastbourne, Rafael levanta o olhar para encontrar o meu. Seus lábios estão brancos como o restante de seu rosto, apenas seu olhos refletem uma profunda angústia. Num tom praticamente inaudível, ele sussurra:

— Porque pessoas são queimadas por isso.

Não quero tirar minha mão dele. Não posso.

— Sim. Por criaturas que mal podemos chamar de humanas — argumento.

— Não importa. Isso acontece e eu não quero fazer parte desse mundo.

Porra, quanto mais calmo fica Rafael, mais a dor aguda de que vou perdê-lo toma conta de mim.

— Então o que você vai fazer agora? — Meu coração bate como o casco de um cavalo a galope. — Fingir que gosta de mulheres? Arranjar uma namorada? Casar e se resignar para o resto da vida?

— Não preciso ficar com ninguém. — Sua voz fria lança uma onda de arrepios na minha coluna conforme ele tira minha mão de seu braço. — Eu posso ficar sozinho. Muitas pessoas vivem assim.

Não, não, não! Não vai! Não faz isso comigo. Por favor!

Meus dedos agarram o ar. Em minha garganta há um nó pelo simples pensamento de que irei embora daqui a um minuto. Sem ele.

— Rafael...

Ele abre a porta.

Sem beijo, sem toque, sem nada.

Apenas um olhar que diz "*adeus*".

Para sempre...

E então, ele se vai.

Com um baque forte, a porta se fecha diante de qualquer possibilidade de futuro.

Meu coração para de bater com uma dor que nunca senti antes.

Eu e Rafael... era como se um floco de neve caísse em sua mão, e no instante seguinte, ele já começasse a derreter. Não há nada que possa ser feito para salvá-lo. No fim das contas, você só vê aquela gota d'água na palma da sua mão onde o floco de neve estava. E isso machuca.

Deus! Machuca tanto...

Continua...

Quebrando
TITÂNIO
ANNA KATMORE

QUEBRANDO TITÂNIO
RAFAEL & SEBASTIAN, livro 3

Sebastian chegou na minha vida em doses pequenas e intensas. Até que eu fiquei viciado.

Agora, me livrar desse vício dói mais que tudo do que eu já passei antes. Não sei mais quem eu sou, quem eu era, ou quem eu quero ser. Meu mundo ficou em pedaços como os estilhaços do meu espelho quebrado. E ver um pouco de mim em cada pedacinho me fez perceber que eu nunca serei inteiro de novo. Não sem ele.

Rafael não acredita em mudanças. Em possibilidades. Em nós.

Meu coração sangra ao ter que partir, mesmo sabendo que é necessário. Mas às vezes basta uma espiada pelo ombro para perceber que ainda é cedo para desistir de lutar. Que talvez a guerra ainda não esteja perdida. No momento em que você vê o amor da sua vida te procurando... sem fôlego.

Conheça outros livros da Autora

CAOS DO AMOR

Beijo Sem Querer

Catástrofe do Amor

Inimigos e Mais

Um Bad Boy para Sue

Doce e Proibido

Aposta Impossível

Gata Indomável

AMOR NA NEVE

Contando Vaga-lume

Memórias Quebradas

*

Dezessete Borboletas

RAFAEL E SEBASTIAN
Quebrando Regras
Quebrando Limites
Quebrando Titânio

LENDAS DE NEVERLAND
Caindo nos Sonhos da Terra do Nunca
A quebra do Tempo
Coração Pirata

PÁGINAS SUSSURRANTES
Nenhum Príncipe para Chapeuzinho vermelho
Um Lobo no seu Destino

*

Eloyn
Meu Vampiro Secreto
Entre nós e o Céu

Conheça mais sobre a Autora

Escrevo histórias porque,
sem elas, não consigo respirar.

Anna Katmore vive em um mundo cheio de magia, luz e pequenos milagres silenciosos. Ali, fadas dançam ao vento do entardecer, sonhos voam em asas douradas, e as fronteiras entre fantasia e realidade se dissolvem na névoa. Se você tiver coragem de seguir a sua imaginação e deixar o mundo como o conhece de lado por um instante, será calorosamente convidado a acompanhar Anna até esse reino. Mas atenção: quem atravessa essa porta uma vez talvez nunca mais queira voltar...

Para Anna, a Disney não é apenas uma fonte de inspiração, mas um verdadeiro modo de viver — e, se pudesse, ela curaria o mundo inteiro com um único sorriso. Seu patrono é um lobo, e sua varinha mágica é um galho quebrado de macieira, com 13 ¾ polegadas. Em alguns dias, ela ama seus personagens mais do que o mundo real; ainda assim, jamais deixa de procurar pequenos milagres também fora das páginas dos livros. E quando não está escrevendo, ela escuta o vento que, nas noites quentes de verão, sussurra histórias que só a alma consegue compreender.

Para ainda mais magia, visite Anna em: www.annakatmore.com

www.ingramcontent.com/pod-product-compliance
Lightning Source LLC
Chambersburg PA
CBHW021948120726
47992CB00001B/194